イマリさんは旅《たび》上《じょう》戸《ご》
IMARISAN HA TABI JYOUGO
結城弘
ill. さばみぞれ

橋広くん、
地形チェックは
終わったの？
今里《いまり》マイ22歳
ゲームデバッグ会社の
バリキャリ上司だ
担当外のことは
相談してからにして
橋広《はしひろ》滉代《こうだい》19歳
ゲームデバッグ会社で
働く俺にとって
美人で頼れる
女上司今里さんの
突き刺さる毒舌は

大好物です
はぁ…
グッ
ゾクゾクする
酒場
営業中
そんな彼女と会社の飲み会へ行くことに
何飲みます？
私、ビール
ぼそっ
俺ハイボールで〜

ごっ
ごっ
れ
はーー
!?

たりん！もっとや！！
よし！札幌行くで！
#
は？
新幹線で行けば近所近所！
函館までしか行けませんけど！
残りは徒歩！
バカですか⁉
※函館～札幌は約300km
まさか今里に酒を飲ませたのか⁉
ヤバイ！あいつどこにいる⁉

今里さんならここに――
カラ…
あいつは酔うと旅に出る
旅上戸なんだ!!
新幹線のりかえ口
いいか? 絶対にだ!!
探して連れ戻せ!!

イ〜〜〜マ〜〜〜〜リ〜〜〜〜〜〜！
どこに行った〜〜!!
OSAKE
OSAKE

CONTENTS

イマリさんは旅上戸

結城 弘

GA文庫

カバー・口絵・本文イラスト
さばみぞれ

プロローグ

IMARISAN HA TABI JYOUGO

「もう嫌や！　大阪帰る!!」

雲一つない青空を、俺《おれ》は途方もなく見上げていた。

一番星を探しているわけでも、ＵＦＯが通過するのを待っているわけでもない。

「はよ大阪帰って、お母ちゃんのどて焼き食べる〜！」

駅のホームにへたりこみ、泣きわめきながら俺の体をゆする女上司と周囲の冷ややかな視線から逃れるには、上に目を向けるしかなかったからだ。

「上を向いて歩こう」と昔のエラい人が言ったのは納得である。

上を向いている間だけは、地上のどうしようもない現実から目を背《そむ》けられるのだから。

「おら、聞いとんのか、ハシビロ！　橋広滉代《はしひろこうだい》！」

それでもいつかは現実に戻ってこなければいけないのが、重力に魂を引っ張られた地球人のさだめである。足にしがみつく上司を見下ろすと、「うー」と赤い顔で睨《にら》まれた。

いつもはパリッと着こなしているスーツも胸元《むなもと》のシャツがはだけ、艶《つや》やかなはずのナチュラルショートの茶髪は、歌舞伎のようにぼさぼさになっていた。

お酒というものがなければ、どれほど人類史が平和であったことだろう。

人類にさまざまな厄災と害悪をもたらしながらも文化史的にも経済的にも巧妙に癒着し、その地位を今もなお盤石にしているのが「酒」である。

有史以来、いや、遠く神話の時代から存在し多様な文化を築きあげてきた酒は、ときにあのヤマタノオロチを酩酊《めいてい》させ、ときに和解の盃《さかずき》として、ときに契りの証しとして、そして今では地域振興のかなめとして、現代に至るまでじつに様々な役割を果たしてきた。

が、万物は何事も表裏一体で成り立っており、酒もその理《ことわり》からは逃れられない。

人を潤してきたのが酒であるならば、人を惑わせてきたのもまた酒である。

たとえばある夜、珍しく大酒を飲んだ父がテレビ番組のタイトルに突如笑いだすなり、

「だはは、『世界の絶景100選』て、俺が見てるエロサイトの名前と同じじゃねえか！」

と、巧妙にブクマ名を変えて隠し通していたアダルトな動画販売サイトの存在を自ら暴露。

直後に修羅と化した母に窯《かま》ゆで地獄のごとく湯を沸かした浴槽にぶちこまれ、三途のリバークルーズから始まる地獄八景《じごくばっけい》巡りにあわや送り出されるところであった。

「おら！　絶景かな、絶景かな？」

そう高笑いしながら父を浴槽に沈める母も珍しく大酒を飲んでいた。ストレスであった。

今の会社に入社した直後の新人歓迎会で、先輩のヨシタケさんが「たまやー！」とここに記

すのもアホらしい激烈な下ネタトークを隅田川の宴会場でバンバン打ち上げたあげく、危うくお巡りさんのお縄を頂戴しかけたこともあったが、やはりこれも酒のせいであった。

なのにやれ「牛乳を飲めば酔いづらい」だの「某栄養ドリンクを飲めば二日酔いにならない」だのと、浅知恵を巡らしてまで酒を飲んでやろうという気持ちは甚だ理解しがたい。

飲まれるのはいつも決まって人のほうである。「笑い上戸《じょうご》」「泣き上戸」という言葉がある通り、酒はその手練手管をもって人を変貌させ、隠していた本性を暴露してしまうのだ。

酒さえ飲まなければ。いや、そもそも酒がこの世に存在しなければ、俺はこんな見知らぬ土地で途方に暮れることもなかったのだ。そして。

好きな人の、こんなみっともない姿を知ることもなかったのだ。


俺はスマホを取り出し、東京にいる先輩に報告した。

「はい。たった今、確保しました。――ええ、オンラインミーティングにはどうにか間に合わせますんで。――え、場所ですか。……どこだこれ」

今立っている駅舎の周りは、東京に慣れ親しんだ身からすると信じられないほどの山や緑に囲まれていて、空は澄みきった青空で覆《おお》われている。

ぷあん、と入線してきた列車も、もはや電車ですらない。

ディーゼル車の屋根の小さな煙突からは、ＳＤＧｓの概念を表したかのような清く青い空に真正面から喧嘩《けんか》をふっかけるがごとく、ボフボフと黒い煙が噴きでている。

「駅名は『阿波池田《あわいけだ》』とありますけど……ちっちゃく『徳島県』て書いてますね」

おかしいな、つい昨日までは東京にいたはずなんだけどな。おかしいなぁ。

停車していた列車が、黒煙を吐きながら駅を発車していった。

「――今里《いまり》さんですか？　ええ、ご心配なく。目を離しても大丈夫なように、こうしてジャケットの襟首《えりくび》をしっかり摑《つか》んで……」

……いや。

ふと違和感に気づく。

ジャケット、軽くないか？

足もとに目をやると、さっきまでぶざまに泣きじゃくっていた女上司の姿はなく、俺がしっかりとホールドしていたジャケットだけが宙ぶらりんと浮いていた。

まさか。まさか――！

「カアアアアアアアアアァァァァァァア！」

汽笛のごとく轟《とどろ》く、珍妙な声。今しがた発車していった列車を見るとその最後尾の窓際《まどぎわ》で、俺の好きな人――今里マイさんがカップ酒を一杯やったところだった。

列車の窓からフリフリと彼女が呑気《のんき》に手を振っている。

あの――あの……、酔いどれ女！

「イイマアアアリイイイイイィィイ！」

俺の渾身《こんしん》の叫びに、のんびり遠ざかっていく列車が「ぷあん」と応《こた》えた。

この物語の始まりは、ほんの少し前。

俺がまだ、「旅上戸」という言葉を知らなかった頃までさかのぼる。

第一章　不動明王と脱獄王

IMARISAN HA TABI JYOUGO

『者ども！　であえであえ！』

モニターの中では浪人の身なりをした武士が、群がる敵を相手に剣戟《けんげき》を振るっていた。

『御《ぎょ》しがたいな！』

つばぜり合いを演じ、カウンターを決め、現実なら致命傷な一太刀を浴びながらも体力ゲージを三割減らしただけで平然と立ち回り、刀を振るい、悪代官の屋敷を血で染めていく。

『御しがたいな！』『でやッ』『ぐう』『はああ！』

状況に応じた様々なアクションボイスを律義に口にしながら、このゲームの主人公・佐々木《ささき》忠路《ただみち》は順当に雑魚敵を斬り払い、ステージボスの悪代官にダメージを与えていく。

やがて部屋の隅へと追いやられた悪代官が、傍《そば》にあった燭台《しょくだい》を投げつけてきた。

忠路はそれを刀で華麗に払いのけ――

『ふん、御ぎょぎょぎょぎょぎょぎょぎょ』

……ようとしたところで、画面がフリーズした。

「だあああ、御しがてぇえええ！」

操作していたスタッフが頭を抱えて立ち上がった拍子に、モニターからイヤホンが外れた。それまでイヤホンから漏《も》れ出ていた音声がスピーカーから放たれ、室内に響き渡った忠路の珍妙な断末魔が「ぐふ」「ふひ」と、数人のスタッフの腹筋を道連れにした。

「また悪代官かよぉ。やっぱりあの燭台の挙動、怪しいって……」

ぶつぶつ言いつつ録画ソフトを止め、イヤホンを挿しなおした。忠路の断末魔が消え、室内はキーボードやコントローラーを操作する音だけが響く静かな空間に戻った。

一連の流れを席から眺めていた俺も、自分の作業を再開する。

数十人のスタッフと数十台のPC、モニター、そしてゲーム機がずらりと並んでいる部屋では、みな一様に同じタイトルのゲームをプレイしている。

プレイしているのは『東海道忠《とうかいどうちゅう》』という、据え置きハード『PSO《ピーエスオー》』専用の新作ソフトだ。

江戸時代を舞台にしたオープンアドベンチャーで、さらわれた幼馴染みの町娘を取り戻すべく、主人公・忠路が江戸から東海道の宿場町を渡り歩き、大坂を目指すというストーリーだ。

家庭で遊ぶゲームと異なるのは、ずらりと並ぶゲーム画面のほとんどに、意味不明な文字列や数字、グラフが表示されている点だ。

実はこのゲーム、まだ開発真っただ中のものである。

ここは新作の開発を進める大手ゲームメーカーのオフィス――ではなく、デバッグ業務を請け負う『ファーストホッパー株式会社』の一室である。

二、三十代の若者が中心のスタッフたちがゲームで遊んでいるように見えるが、ゲームの不具合……「バグ」を探すデバッグ作業というれっきとしたお仕事である。
「例の敵が行方《ゆくえ》不明になるバグさ、『再現しない』て返事きたぞ」「……嘘《うそ》」

「バーカ、飛脚が空を飛ぶわけ――うわぁ……ETみてぇ」

「おいテキスト担当！『今宵《こよい》はブレイカーでござる』てなんだよ、『無礼講』だろ！」

作業は序盤でありながら、混迷を極めていた。

いや、さまざまな不具合が転がっている序盤だからこそ、というべきか。

ピーーーー。

不快な電子音が俺の耳をつんざいた。ゲームがスタックしたことを告げるビープ音が鳴るイヤホンを外し、画面録画を止める。

「こっちも止まりました、箱根の街道です」

俺がチーフスタッフに聞こえるように告げると、周囲がざわめいた。

「またあそこでAバグ？」「何もなさそうな所でよく見つけるな」「さすが不動の……」

共有フォルダに類似の症状が報告されていないことを手早く確認し、モニターから仏頂面を上げると、ささやいていたスタッフたちがビクッと姿勢を正し作業に戻った。

特にチーフから返事がなかったので手早くバグ報告を書きあげ、共有ファイルに加えた。

すると少しの間を置き、チーフである小津《おづ》さんがおずおずと俺の席にやってきた。

「は、橋広《はしひろ》くん」

「なんです？」と俺はモニターから顔を上げた。

眼鏡《めがね》の奥の小津さんの目は泳いでいて、俺の顔をまともに見ようともしない。

「今報告してもらったバグね、さ、さっき僕のほうでも見つけたとこ」

「じゃあ何ですぐに言ってくれなかったんですか」

「え？」

「俺、報告書作る前にお知らせしましたよね。返事ないから未報告のバグと思ったんですけど」

「あ、ああ……ははは、ごめん、多分イヤホンしてて聞こえなかったよ」

おろおろとする目は、『君の顔が怖いから話しかけられなかった』と本音を如実に語っているようだった。俺が短くため息をつくと、小津さんは露骨に肩を震わせた。

「じゃあこのバグの報告はお願いしていいですか」

小津さんは無言で何度も頷《うなず》き、自分の席へと戻っていった。

俺は共有フォルダに入った報告書を削除した。せっかくの手柄が消えたショックよりも、さっきの先輩の態度にモヤモヤとしてしまい、ついキーを強めに叩《たた》いてしまった。

そのせいで、右隣の女性スタッフの肩がびくりと跳ねあがった。何か俺に尋ねようとした素振りをしていたが、何事もなかったかのように作業に戻っている。

……申し訳ないことをしたと思ったが、どうせビクビクされながら会話されるのは目に見えている。距離を置いていることをあらためて示されても、不愉快なだけだ。

それならこうして「何も話しかけるなオーラ」を出し続けていたほうが……

つんつんと、俺の左肩が細い指につつかれた。

「さすが『不動のハシビロ』君だねぇ」

オーラを意に介さず話しかけてきた左隣の人に、俺はげんなりと目を向けた。

「……だからハシビロじゃなくて『はしひろ』です」

「えー、どっちでもいいじゃん」

にへら、と須崎《すさき》さんは俺の苦手な笑みを浮かべた。

須崎さんは俺より後に入社した一歳年上の後輩女子スタッフだ。細い首元にかけられたヘッドホンには肩に届くか届かないかくらいのミディアムストレートボブの黒髪の毛先が垂れ、さらにその下の胸元には、俺と同じ請負スタッフの黒紐《くろひも》の社員証がぶら下がっている。

「せっかくのAバグ、別の人に取られて残念だったねぃ」

バグは程度によってランク付けがされていて、フリーズや進行不能など致命的なものは――会社によって細かい違いがあるが――「Aバグ」と呼ばれている。

「また見つければいいだけですよ」

「りちぎだねー、よしよし」

「だからそれやめてください」

犬でも撫《な》でるかのような手を頭から払いのける。

「ちょっとは嬉《うれ》しそうにしなよー。そんな無愛想な顔をしてるから『不動明王《ふどうみょうおう》』なんて言われて怖がられるんだよ?」

「この顔は仕様です」

須崎さんのウザいスキンシップも、薄っぺらい笑顔も、不名誉なあだ名も実に不愉快だ。

俺は入社以来、どんなタイトルをまかされても「Aバグの報告件数チームトップ」という成績を残し続けてきた。

数多《あまた》の主人公たちの行く手を理不尽に阻《はば》み、ついでに作業進捗《しんちょく》を止め、幾社もの開発陣の思考も止め、しまいには「これ以上作業されると開発元の会社の息の根も止まる」と待ったをかけられ、日本経済を止める前に別のタイトルに移されたこともあった。

そんな俺を先輩のヨシタケさんが「時間停止モノAVの九割はヤラセ。一割はお前のせい」と糾弾したこともあったが、実に理不尽である。

やがてついたあだ名が「不動のハシビロ」。

それがいつしか「不動明王」といかつさを増し、どうやら作業手腕だけでなく、バリエーションに乏しい仏頂面を含めてのあだ名らしいというのを知ったのは最近のことだった。

「でさー、そんなハシビロっちに、少々、お願いがありまして」

「……なんです?」

「あたしの画面も今、固まっちゃったんだよねー」

隣を覗《のぞ》くと、忠路がジャンプした状態で画面が停止していた。

場所は、俺や須崎さんの班が担当する箱根エリア内にある「箱根の関所」だ。

「関所のボス戦でさ、いきなり止まっちゃったんだよね」

「録画を見せてもらっていいですか」

「……」

「須崎さん？」

「録画すんの忘れちった」

「はぁっ？」と声を荒らげた俺に、わざとらしく「ごめーん」と手を合わせる。

発生したバグの検証には、プレイ画面の録画が不可欠である。作業を始める際に、まず真っ先に録画ソフトのボタンを押せと散々口酸っぱく言われているのにこの女は……！

「……とりあえずその止まっている場面のスクショください」

「はーい、少々お待ちをー」

俺は自分の画面に目を戻すと、共有フォルダ内に入れられたバグ発生時のスクショを精査し始めた。関所の建物が並ぶ屋外で、忠路はチャプターボスの悪徳役人と戦っている。

ステージギミックである建物の崩壊にボスが巻き込まれたところで画面は停止していた。

「……これが怪しいな」

コントローラーで特定のコマンドを入力し、ゲーム画面にデバッグメニューを呼び出すと、MAPの項目から「箱根の関所」を選び、ステージへ飛んだ。

画面が遷移するなりボス戦が始まる。忠路を操作してボスを誘い、件《くだん》のギミックを作動させる。ボスは建物の崩壊に巻き込まれダメージを受けたが画面は固まらない。

もう一度停止した時の画像を見る。今の状況と比べてみる。

「もしかしたらこれか」

ステージ端にある大八車をギミックの下へと運んできて、その状態で同じ操作をした。

「はい。止まりました」

「え、嘘っ、もう?」

さっきとほぼ同じ状況で固まっている画面に、須崎さんが目を丸くした。

「崩壊する建物と別のオブジェクトがぶつかると固まるみたいです。原因はわかりませんが」

デバッグ作業というが、俺たちがするのは不具合の報告だけで、バグ発生の原因を探し修正を行うのは開発元の社員たちだ。

だから厳密にはこの仕事はデバッグではなく「テスター業務」と呼ぶのが正しいという意見もあるが、ややこしいのでみんな自然とデバッグ作業と呼んでいる。

「やるじゃんー。褒めてつかわす」

ごしごしと頭を撫でられる。だから俺は大型犬か、うっとうしい。

「じゃあバグ報告はあたしがやっとくから。助太刀感謝いたすー」

しかもさらりとＡバグの手柄を自分のものにしようとするから質《タチ》が悪い。

早速るんるんとバグ報告を書き始めようとした須崎さんだったが、

「須崎さん」

降りかかった冷淡な声に、「ひ」と顔を凍りつかせた。

タイトスカートとスーツ姿のその人は、音もなく俺たちの後ろに立っていた。

きちんと整えられたナチュラルショートの茶髪。青みがかったブルーライトカットのレンズの伊達《だて》眼鏡をつけているせいか、細められた大きな目はよく研がれた名刀の輝きを思わせた。

「い、今里《いまり》先輩……」

その瞳《ひとみ》の切っ先を喉元《のどもと》に突きつけられたように、須崎さんはのけぞった。

今里マイさん。

小柄だが膨らみが目立つ胸元にぶら下がっている社員証の紐の色は、正社員の「赤」。二十二歳にして『東海道忠』デバッグチームを率いている俺の先輩だ。

「須崎さん、あなたは箱根エリアの地形チェックの作業がまだまだ残ってるよね。今のバグ報告は橋広くんにまかせて、早く自分の仕事に戻ってくれる？」

「で、でもぉ、ハシビロっちに少々、悪いですしぃ」

「画面録画をし忘れた、あなたの尻拭《しりぬぐ》いをさせといて？」

「ぐぅ」

「あと誤字脱字ばかりのあなたのバグ報告の添削に時間をとられるくらいなら、最初から橋広くんにまかせたほうが早いって言ってるの」

「うぐぐ。でも、ここの関所とかのチェックはほぼ済んでて、少々時間もありますしぃ」

今里さんは眼鏡の奥の瞳を、ちらっと画面に向けた。

「コントローラー借りるね」

録画ソフトのボタンを押し、須崎さんの返事も待たずにコントローラーを握った。

画面内の忠路を関所の端にある柵と山の斜面の隙間《すきま》に持っていくと、ジャンプと転がりモーションを組み合わせた人間離れした動作をさせ、ゴンゴンと地形に忠路をぶつけていく。

「あ、そこはもう地形チェック済み――」

面子《めんつ》もへったくれもない武士にあるまじき挙動を忠路がとっていたのはものの数秒。

『はぁ！』

という掛け声とともにするりと柵を抜け、ボスを倒さずに箱根の関所を突破してしまった。

関所を破った先には地形データがなく、真っ白な裏世界に突入した忠路は奈落へと落ちていく。先ほどまで立ち回っていた箱根のステージが遠ざかっていき、やがて白い虚空の彼方《かなた》へと消えていった。画面に映っているのは、永遠に奈落に落ち続けている忠路だけ。

「はい、地形チェックやり直し」

「…………………」

　ついでに須崎さんの心も奈落落ちさせた今里さんが、続いて俺に声をかけた。

「橋広くん、君も。担当外のチェックをするならまずはチーフに相談してからにして」

「すみません、すぐに見つかると思ったので」

「もしすぐに見つからなかったら？　君はいつまで担当外の作業をするつもりだったの？」

「……」

　俺は椅子《いす》に座ったまま、今里さんの目をじっと見上げた。見つめ返してくる青みがかった彼女の目は至って冷静。感情の色はまったく窺《うかが》えない。

　室内の空気がしんと凍《い》てついている。みんなそれぞれの画面に目をやりつつも、意識は俺たちのやり取りを注視している。

「たったの一回かもしれないけど、そのたったの一回も積み重なれば大きなロスになって、作業スケジュールに支障をきたしてしまう。そのことは少しでも考えた？」

「……いえ」

「君は少し独断が過ぎる。とにかく今度からは、担当チーフに事前に相談すること」

　俺がチーフである小津さんに目を向けると、視線に気づいているにもかかわらず、気弱そうな目を画面から頑《かたく》なに離そうとしなかった。

　――相談しにいっても、どうせ露骨にビクビクされるだけだし。

しかし俺はそんな子供みたいな反抗心をおくびにも出さず、「はい」と答えておいた。今里さんはそれだけ伝えると、フォローの言葉ひとつなくさっさと管理者席へと戻っていった。

「ひーん」と隣では須崎さんが泣きべそをかきながら作業をしている。

俺もバグ報告を作成しようとしたが、頭がぼんやりして集中できない。

ああ、だめだ、モヤモヤする。俺は一旦《いったん》休憩を挟むべく席から立ち上がった。

が、勢いがつきすぎたのか、「バァンッ」とキャスター椅子が後ろに転げて、ほぼ全員がビクリと飛び上がった。なんだか、怪獣映画で逃げ惑う群衆みたいだ。

「……失礼しました」

さっさと椅子を戻し、俺は完全に無音と化した室内から出ていった。


ファーストホッパーが間借りしている雑居ビル四階の給湯室。主な作業部屋からは離れた位置にあるため人気が少なく、俺のお気に入りの隠れスポットだ。

「ふううう……」

俺はシンクに両手をつき、胸のうちで熱く渦巻いていたものをゆっくり吐き出した。

「くそ」

さっきの今里さんとのやりとりが次々とフラッシュバックする。

不手際に対する叱責《しっせき》、ぐぅの音も出ない正論。そしてあの、俺の無能さをさげすむような目。

「――くそっ」

あの日を思い出すたびにモヤモヤと胸がかき乱され、俺は、俺は――、

「なんて今日も美しいんだッ！」

たまらず絶叫していた。

ブルーライトカットのレンズによって青みがかった、あの神秘的な瞳。

「限りなく透明に近いブルー」とはああいう色をいうのだろうか。

瑠璃金剛に輝く瞳でさげすまれ、丁寧にナパージュをコーティングした洋菓子のような唇から放たれる叱責の数々に、身も情緒も打ち震え、あやうく涙さえ流すところだった。

ちくしょう。

好きだ。

大好きだ……！

はぁ。

それにしても今日の今里さんもパリッときまってたなー。

開発元との突発的なミーティングに備えたスーツ姿は、小柄ながら彼女のハリのあるラインをくっきりと表しているし、ショートの毛先の下にあるギリシア彫刻のような美しいうなじは相変わらずシャツの襟《えり》で見え隠れしていて実に悩ましい。

完璧なのは外見だけじゃない。彼女は中身も優秀なのだ。

不具合を的確に見つけだすセンスと知識はもちろん、チーム運営や顧客との折衝などでもいかんなくその能力を発揮し、請負採用からわずか一年で正社員の地位を得たそうだ。

また不況時には国内メーカーに積極的に営業をかけたばかりか、台湾の台北《タイペイ》にオフィスがあるインディーズ企業にまで足を運んで契約を勝ち取り、業績改善に大きく貢献した彼女は、会社にとってもはや絶対に手放せない虎の子の存在となっていた。

パリッとスーツを着こなし、スタバのコーヒー片手にオフィス街を颯爽《さっそう》と歩く――

そんな今里さんの営業スタイルを勝手に想像した俺は、胸元の社員証に目をやった。

今はただの黒紐の請負社員だが、いずれは出世し、今里さんと肩を並べたい。

そして対等な立場でお付き合いを申し込み、ゆくゆくは結婚――

などと、そんな所帯じみたことは考えない。

俺の想《おも》いはもっと純粋だ。

俺はただ彼女に………ののしってほしいだけなんだ。

千の罵倒の言葉を、その小鳥のような舌でさえずってほしい。

隣に立つ俺のことを、馬車馬のごとく使い倒してほしい。

身も心も火傷《やけど》するドライアイスのような瞳でずっと、さげすみ続けてほしい。

ただ、それだけなんだ。

「よし、行くか」

未来への希望をあらたに、俺は作業部屋へと戻っていった。

作業は滞りなく進み、最後に軽微なテキストバグを報告してその日の業務は終わった。

「おつかれっす」「おつかれー」とスタッフたちの間で挨拶《あいさつ》が交わされるが、その言葉が俺にかけられることはないし、俺もかけることはない。

さぁ、あとはまっすぐ帰るだけ——

「ハシビロっち、おつかれー」

後ろからわしゃわしゃと髪を撫でられた。

慌てて振り払うと、「今日はあんがとねー」と須崎さんがにへらと笑った。

「……もう手伝いませんしね。今里さんにも怒られましたし」

俺の言葉をどう捉《とら》えたのか、管理席で事務作業をしている今里さんをちらっと見ながら、

「ねー、少々キビシイよねー」と声を潜めた。

「いや、100%悪いのは須崎さ——」

「それより見てよ、ほら！　今日の『はっさく』！」

俺の言葉は遮《さえぎ》られ、視界もスマホの画面でふさがれた。

少し身を引くと、大きなミカンにかじりつくブルドッグの写真が表示されていた。顔がなかなかにいかつく、縦縞《たてじま》のスーツに身を包んで葉巻でも咥《くわ》えていそうなツラ構えだ。

「いやそれよりも、100%悪いのは――」

「さっき高知のおばあちゃん家《ち》から送られてきたの。かわいいでしょー」

「聞けよ」

こっちが無反応にもかかわらず、須崎さんは延々と愛犬はっさくの話を続ける。

この人はあれだ。SNSで人が投稿したペットの画像に、聞いてもいないのに自分のペット自慢を写真とともにリプしてくる類いの人間だ。俺の嫌いなタイプである。

ようやく話を終えた須崎さんは、腹が立つほど清々《すがすが》しい顔をしていた。

「そんじゃ先帰るね。明日も困ったことがあればどんどん相談させてねぇ」

結局こっちの話は微塵《みじん》も聞かず、ミジンコ以下の気遣いすら残さず帰っていった。

「……プレパラートにつぶされちまえ」

そして嫌なことは続くものである。

「よっす、よっす、よっす。ハシビロー」

ただでさえ重たい肩に、ずしりといかつい手がのしかかった。どうやら俺の「話しかけるなオーラ」には安物栄養ドリンク並みの気休め効果しかないらしいと絶望する。

「……だから『はしひろ』ですって」

「ほーん。そうだったか」

妙な相づちを打ちながら話しかけてきたのは先輩の灘《なだ》さんだ。社員証の紐は準社員を示す青。

金髪のチャラい風貌だが、これでも別の班でチーフスタッフを務めている。

「あんまし細かいこと気にしてっから、いつまでもみんなと打ち解けられないんだぞ」

「ハシビロ呼ばわりする人と打ち解けたいとも思いません」

「ほーん！」とケラケラ笑う灘さん。うざい。シンプルにうざい。

「頭も顔もかてぇんだよ。いい加減さ、陰で『不動明王』なんて怖がられたくないだろ？」

「そのあだ名は灘さんが言い出したと記憶してますけど」

「ほんに？　はて」

「それにみんなが怖がってるなら、別にこっちから無理に距離は縮めませんよ」

「そんな気ぃつかって距離を置こうとすんなよー」

「ソーシャルディスタンスを守っているだけです」

「ソーシャルからディスられているくせに」

「真実をつくのはやめてください」

「俺はただ、お前がいつかみんなとソーシャルダンスできるような関係を築いてほしいんだよ」

　そんな末恐ろしい未来よりも仕事のことを考えてくれ。あんたの班、この前エグいデータクラッシュ出してただろ。今里さんも「え、なにこれ」みたいな顔してたぞ。

……ていうか脳内でツッコミをいれていたせいで、逃げ遅れた。

「ま、それはともかくだ」

続く灘さんの言葉に、ビープ音が脳内に響きわたった。

この流れは、まずい。

「これから飲み会あるから、来い」

「行きません」

「おまえの孤独を癒《い》やすためだ」

「嫌っす」

「ほーん」

しばしの間《ま》。お互いに間合いをとって次の手を見極める。先輩の灘さんは、分け隔てなく社員に話しかけ、事あるごとに飲み会に誘うほどのコミュニケーションお化けである。

そんなソーシャルとダンスすることに長《た》けた彼のあだ名は「リア王」。

由来は知らん。「リアルが王様級に充実している奴《やつ》」とかそんな意味だろう、多分。

「なぁ、ハシビロ。新人歓迎会以来、一度もこういう集まり来てないだろ」

「新人歓迎会って、あの隅田川の飲み会のことですか？」

そして俺はこの灘さんという社員が苦手なのである。不名誉なあだ名だけでなく、トラウマ級の体験をもたらした存在だからだ。

入社初日の俺に対する灘さんの第一声は今でも覚えている。

――『新人くん、飲み会行こうぜ！』

その夜、「新人は無料」の言葉に釣られて参加した新人歓迎会では、泥酔したヨシタケさんが突如下ネタトークライブをおっ始め、居合わせたお客さんたちが感極まって110番《アンコール》。やがてサイリウム代わりにパトカーの赤色灯をぶんぶん回しながらお巡りさんたちが応援に駆けつけてきてくれた一生の思い出に残るステージだった。二度と行くもんかと思った。

「今でもあの日のこと、たまに夢で見ますよ」

「ほーん、楽しんでもらえたようで何よりだ！　とにかくそれ以来、ろくに周りと趣味やプライベートの話なんてしてないだろ。みんなお前の真の姿を見たがってるんだぞ」

「これが俺の最終形態ですよ。だいたい『みんな』て誰《だれ》ですか」

「さぁ」

自分の意見なのに主語を大きくするな。

この人はあれだ。SNSで自分ん家《ち》の習慣をさも「この地域ではこれが常識！」と誇張して発信する類いの人間だ。俺の嫌いなタイプである。この前も誰かのツイートで見かけたが「大阪では一家に一台たこ焼き器があるのが普通」なんて絶対嘘に決まってる。

灘さんは仕事は適当でミスだってしょっちゅうするのに、なぜか周りからの信頼と人気は絶大だ。いわゆる「根はいい人」タイプらしいが、頼むから葉っぱも綺麗《きれい》であってほしい。

そう……たとえば、今里さんのような。

管理席に座る今里さんは、まだPCと向き合っていた。あの調子だと彼女は飲み会には行かないだろうし、そもそもそんな下劣な場に顔を出すことすらしないだろう。

今里さんがいない飲み会なんて、福神漬けがないカレー……いや、カレーライスすらのってない皿が出てくるカレー屋に行くようなもんだ。何だその店。何屋さんだよ。

「とにかくだ、一度は顔を出してみろ、な。気晴らししないとその老け顔がさらに老けるぞ」

「先輩と違って苦労が多いんですよ」

「こっちも苦労してるんだぜ。今日も『脱獄王』と『不動明王』の言い争いにハラハラさせられたんだからな」

「脱獄王……？」

俺が首を傾《かし》げると「あ」と灘さんが何やら今里さんを一瞥《いちべつ》し、慌てて声をひそめた。

「今里のことだよ。ほ、ほら、あいつ地形抜けバグ見つけんの得意だろ？」

ステージの壁や建物のグラフィックにきちんと当たり判定が設置されていないと、キャラがすり抜けて裏世界に行けたり、想定外のルート短縮ができたりといった不具合が生じる。

ゲームデバッグの仕事の説明として有名なのが「キャラを壁にゴンゴン当てる仕事」なのだが、これはキャラが地形を抜けないかチェックしているのだ。

確かに今里さんは、どのゲームでもキャラをぽんぽんエスケープさせている印象がある。

それで「脱獄王」か？　初めて聞いたあだ名だな。

そして多いな、王。

「いがみ合いもほどほどにな。こっちはお前らがいつラグナロクを起こすか不安なんだよ」

「そうなったら俺は無条件降伏しますよ」

王は一人で充分。今里さまが治めればそれでよいのじゃ。

「ではこれにて一件落着。お先に失礼します」

「落着しとらんしとらん。て、おい、ホント待てって――」

ノンアル組は割引だぞー、という灘さんの呼びかけを無視し、俺は部屋から出て行った。

新宿駅から京王線の普通電車に揺られること約三十分。調布市の布田《ふだ》駅に着いた。

ＳＦ映画のセットみたいな近未来的な雰囲気の地下ホームから地上に出ると、駅前ロータリーの周囲には高いビルや派手な看板の飲食店の類いがなく、落ち着いた郊外のベッドタウンの雰囲気が漂っていた。

駅前から北に進んだところにある古い二階立てのアパートが、わが居城『サバラン布田』だ。この立地で六畳一間・家賃五万以下というのはお得といえよう。

「おかえり。電車、座れたか？」

二階への階段を上った直後、階下から大家のおばちゃんに声をかけられた。ぎくり、と振り向くと、おばちゃんの手には巨大タッパーが握られている。

「こ、こんばん――」

カカカカン、と階段を上がってきた大家さんに有無を言わさずタッパーを押しつけられた。

「お腹《なか》減ったやろ！　これ、お豆炊いたさかい、よかったら食べてー！」

聞き馴染《なじ》みのある方言とともにふわんと漂ってくる、甘い、ノスタルジーな香り。

「あ、ありが、ばっ」

一瞬故郷の情景がちらついたと思ったら、ぎゅむっと皺《しわ》だらけの手に顔を挟まれた。

「またこけたんとちゃう？　ちゃんとご飯食べとるか？　大学で学食とか行ってへんの？」

「お、おれ、会社勤めでしゅ……」

「ま！」とようやく頬《ほお》が解放された。

「堪忍なー、おばちゃん物忘れひどうて。その年で会社勤めってほんまエライわ。ほたら、それしっかり食べてきばりや！　タッパーはまた洗って返してくれたらええから」

関西出身だという大家さんは、特徴的なイントネーションでそう言うと、カカカカン、と階段を駆け下りていった。

「大家さん、こんにちはー」「あらよしこちゃん！　まー、ええお嬢さんになって！」

玄関のドアを閉めても、住人と世間話をする大家さんの声がやかましい。俺はようやく一息つきつつ、数年前にリノベーションされたばかりという割と小綺麗な部屋に上がった。

早速タッパーを開けると、中には煮つけた黒豆がぎっしり詰まっていた。

「やった、ご飯のおかずになるやつだ」

あの嵐《あらし》のようなトークに毎回付き合わされるのはしんどいが、こういう自分では作らない系のおかずの提供は素直にありがたい。

冷蔵庫からセールで購入した格安キャベツを取り出して一枚ちぎり、解凍したご飯と一緒にフライパンで炒め、塩コショウやごく少量の顆粒だしで味付けをする。

よくネットで聞く一人暮らしあるある話として「貧乏な時はもやしでしのいでいた」なんてことを聞くが、俺にはイマイチその感覚がわからない。昔はもっと安かったのかな？

もやしは日持ちもしないいし、火を通すと案外ボリュームも少ない。一袋を丸々使ったとしても一食分のおかずになる程度だ。それなら安キャベツを少しずつちぎって使ったほうがボリューム感もあり、腹もちもいい。月々の食費をだいたい一万円に抑えなければいけない俺にとって、一袋四十円もするもやしは高級食材に値する。

キャベツごはんと黒豆で夕飯を済ませると、財布から小銭を取り出した。

「そろそろ洗い時かな」

洗濯カゴにはだいぶ服がたまっていた。室内に洗濯機を置くスペースはないので、住人はアパートの隣のコインランドリーを利用している。お金がもったいないから、洗濯機の許容量ぎりぎりまで数日分の洗濯物をためてからいつも洗濯している。

洗濯カゴを担《かつ》いでランドリーへ。湿気や柔軟剤の香りが漂う室内で洗濯機を回し、薄暗い蛍光灯の下、ベンチに座って図書館で借りた小説を開く。

カタ、と物音がして入り口の方を向くと、今まさに入ろうとしていたチャラいお兄さんが、俺の顔を見るなりギョッとし、回れ右して帰っていった。

なんだいったい。訝《いぶか》しんだ俺も入り口のガラス戸に映った顔にギョッとすると、向こうも同時にギョッとした。以前よりも陰気さに磨きがかかった、自分の面だった。

でかいだけの図体《ずうたい》に、バリカンで雑にカットしたボサボサ髪に隠れたガラの悪い三白眼。肉の下処理が施されたように表情筋の筋という筋が断ち切られた無表情。

『怖い』

感情表現が昔から苦手で、表情に乏しかった俺は、何度この言葉を投げかけられ、何度この顔のせいで社会とのつながりを諦《あきら》めさせられてきたことだろう。

学生時代にロクに友人も作れず、クラスの輪に入れなかったのもこの顔のせいだし、就活の面接のたびに前科持ちを相手にするような面接官たちの対応に何度も辟易《へきえき》した。

不採用通知の紙吹雪が舞う中、唯一迎えてくれたのがファーストホッパーだった。

ちょうど大手ゲームタイトルのデバッグが始まり、人手が必要だった時期であったのも幸いだった。ゲームは好きでもなんでもなかったが、人間ではなく一日中ゲーム画面を相手にしていればいいという業務内容が実に俺にぴったりだった。

ただ収入は驚くほど少ない。毎月貯金ができるかできないかの生活を送っているという状況で、一度の食事で数千円がふっ飛ぶであろう飲み会なんて正気の沙汰じゃない。

友達も作らず、飲み会にもどこにも出掛けず、会社と家だけを往復し、六畳一間の壁の中で仏頂面でじっと過ごす日々。そう。不動の鳥で有名な、ハシビロコウのように。

なるほど、「不動のハシビロ」とはよく言ったものだ。

皮肉に笑いそうになったが、表情はひくりとも動かなかった。

面白《おもしろ》くもない仏頂面が、ガラス戸の向こうからじっと俺を見つめている。

楽しくもないのに、笑えるもんか。


翌朝、布田駅から普通電車に乗って新宿に向かっていた。

乗客を詰め込んだ列車は、遅れている先行列車に合わせて途中何度も速度を落とし、停車することもあった。首都圏の通勤ラッシュは恐ろしいと聞いていたが、電車すら交通渋滞を起こすのだということを上京してから知った。

終点新宿に到着する前に、俺は読みかけの小説を閉じた。初めて読んでみた異世界転生ものだったが、肌に合いそうにない。主人公がチート的な力を持つ展開は別に何とも思わないが、転生したらそこは現実よりも面白い場所だったという設定に俺は共感できない。

窓からは新宿の摩天楼群やドコモタワーの時計塔が見えていた。職場はあのドコモタワーの辺りにあり、通い始めた頃はロンドンのビッグベンや、ニューヨークのエンパイアステートビルを彷彿《ほうふつ》とさせるその姿に多少はワクワクしたが、今は何とも思わない。

異世界だろうと花の都だろうと、一年も過ごせば面白みのない日常に変わるのだ。

電車は地下へと吸い込まれていき、新宿駅に着いた。

「世界一乗降客数が多い駅」の実績は伊達《だて》ではなく、濁流のような人の流れになんとか乗り、南口へと向かう。あとは駅の外に出て、新宿御苑《ぎょえん》方面へと向かって歩くだけなのだが、俺はふと、いつもは通り過ぎる小田急の改札の前で足を止めた。

改札奥の発車案内に表示された「箱根湯本」の文字が目に入ったからだ。

ゲーム『東海道忠』では、現在箱根エリアのチェックを担当しているが、そういえば箱根に行ったことは一度もない。ていうか箱根がどこにあるのかもよく知らない。

旅行なんていつから行っていないだろう。今は遠出どころか首都圏から出られる経済的余裕もないし、そもそも行きたいとも思わない。

行ったところで自分の何かが変わるとも思えない。

昨日の作業中、箱根ステージで地形をすり抜けた時の光景を思い返す。

壁をすり抜けたところで、「世界の裏側を見られた」と喜ぶのは最初のうちだけだ。

隠しダンジョンが設定されているわけでもなく、大抵その先はただ真っ白くて何もない世界が広がっているだけで、俺が知らない胸が躍るような異世界なんてどこにもない。

現実でも同じことだ。

最適化された生活圏の中で、社会のルールに従いながら、よりよく過ごせる方法を見つけて生きていくしかないのだ。

会社の作業部屋に到着すると、朝礼が始まった。

事前に通告されていた通り、今日はビルのメンテナンスがある関係で業務が十五時で終了する旨と、ゲームのバージョンが更新されたことが伝達された。

デバッグ業務は単にバグ報告だけに終わらない。もし報告したバグが「最新バージョンでは修正済み」と連絡が来ていた場合は、最新バージョンで同じ再現手順を試し、ちゃんと修正されているかを確認するまでが仕事だ。

俺が報告したバグもいくつか修正されていたので、再確認を行っていく。

まずは須崎さんがきっかけで見つかった「箱根の関所」のAバグからだ。どう修正されたのか気がかりだったが、開発元の担当者のコメントによると、他にも不具合の併発が見られたため、建物の崩壊ギミック自体をなくす形で対応したらしい。

最新バージョンのソフトで試してみると、確かに建物自体が崩壊しなくなっていた。よし、OK。次は同じ箱根エリアの「箱根の山道」ステージでのチェックだ。

該当ステージにデバッグモードで遷移。すると、

『チュウウウジイイイイィィイ！』

ムービーが再生され、主人公の雄叫《おたけ》びが轟《とどろ》いた。

坂道の先で不敵に笑っているのは、主人公・忠路《ただみち》に瓜《うり》二つの男。通称「チュウジ」。

その正体は忠路に変装した敵方の忍者で、「偽忠路」として行く先々の宿場町で狼藉《ろうぜき》を働き、罪を本物になすりつけ幾度となく旅路を妨害してくる宿敵だ。

主人公が己《おのれ》と区別をつけるため「チュウジ」と呼ぶその偽者を、この「箱根の山道」ステージではザコ敵や落石を振り払いながら追いかけるのだが……。

「……?」

最初は小さな違和感だった。

しかし検証を進めていくにつれ違和感は徐々に確信へと変わり、俺は首を傾げた。

『うむ、御しがたいな』と待機中の忠路のアクションボイスが耳につく。

「御しがてぇな……」

ぽろりとゲームキャラの台詞《せりふ》を口にして、思わず手を当てる。この仕事あるあるだ。

「んー？　どしたーハシビロっち」

が、その恥ずかしい独り言を隣の須崎さんは聞き逃してくれなかった。この人に話したところで何かが変わるとも思えないが、聞かれたからには仕方ない。

「ここのステージって、チュウジを追って山道を進んでるとランダムで落石が発生するじゃないですか。その降ってくる岩を避けたいんですけど……」

山道を進む忠路。すると突如頭上に落石が降りかかり、ダメージを負ってしまった。

「避けるのが異常にむずい気がするんですよ、これ」

「へー」

二文字で回答終了という清々しさに、ベストアンサーの判を押しそうになった。

もちろんグーでだ。

そうして岩石で足止めされた結果、チュウジを取り逃がしゲームオーバーとなった。ステージの始めからリスタートするとムービーが再生され、また忠路が叫んだ。

『チュウウウウジイイイイィィイ！』

「貸してみ」

須崎さんは俺の左耳からイヤホンを引き抜くと、何食わぬ顔で自分の右耳につけ、ぐいと俺を押しのける形で画面を覗きこんできた。

突然の距離の近さに息を呑《の》んでしまう。熱が伝わるほど顔が近い。朝にシャワーを浴びたのか、ミディアムストレートボブからはむわっといい香りが漂った。

普段はちゃらんぽらんなのに、画面を無言で覗きこむ横顔は、妙に大人っぽい。

「むずいね、これ。いきなり画面外から岩が落ちてくるよ」

「やっぱりそう思いますよね」

女性に免疫のない俺の鼻が、謎《なぞ》のいい香りでむずむずしっぱなしだ。

「くらうと小ダメージが入るギミックなのに、予兆がまったくないのが気に――あひんッ」

今度は右耳からスポンとイヤホンを抜かれた。

「い、今里さん……？」

いつの間にか傍にいた今里さんが、ナチュラルショートの髪をかきあげ、露わになった左耳にあろうことか俺のイヤホンを差し込んだのだ。

やべ、耳垢《あか》ついてないか？　せめて消毒。ていうか耳小さくて可愛《かわい》い。いい匂《にお》い。

「橋広くん」

「は、はいっ？」

「私もやってみるね」

今里さんはリスタートしようとした須崎さんからコントローラーを受け取った。

「ごめん須崎さん、ちょっと画面から離れて」

今里さんに苦手意識がある須崎さんはおずおずと引き下がりつつも、言い方が気に入らなかったのか、口元を少しぷくりと膨らませた。

今里さんのコントローラー捌《さば》きはなめらかで、視線は微塵《みじん》も揺るがない。

伊達眼鏡の限りなく透明に近いブルーのレンズが、画面の光をホログラムのように反射させている。

「避けられたけど」

「え？」

ぼおっと見惚《みと》れていた俺はすぐさま我に返る。

「岩石。私は全部避けられたけど」

今里さんはもう一度ステージに入り直すと、ランダムで発生する落石ギミックをすべて鮮やかに避けきり、ノーダメージでゴールの箱根宿へと辿《たど》り着いてみせた。

今里さんが俺を横目で見る。

『え、この程度のギミックもクリアできないの？』

そんな呆《あき》れの感情が明らかにこめられている目だ。ヤバイ、ゾクゾク来る。

実際にそう口に出されていたら勢いで求婚しているところだった。

「この程度のギミックもクリアできないの？」

「結婚してほしい」

「え？」

「………けっこ、結構なお点前です」

「どうしたの？　君の実力なら問題ない難易度のはずなんだけど」

そう言われたからにはやるっきゃあるめぇ。俺はコントローラーを返してもらい再チャレンジしたが、何度やっても急に現れる岩石を避けられなかった。てやんでぇい。

『チュウウウジイイイィィイイ！』

うるさい、忠路うるさい。ここまでの道中、チュウジに大小の罪をなすりつけられ散々な目に遭ってきたせいか、冷静な忠路も堪忍袋の緒が切れ、人目もはばからず往来のど真ん中で青筋立てて叫んでいた。人間、追い詰められてもこうはなりたくないものである。

「なんで岩に当たるの？　簡単でしょ」

「そうですかね」

「ほら、貸して」と再びコントローラーを奪われる。

肩が密着する。予期せぬ接触に俺の脳の処理能力が落ちる。

「このタイミングで、こう。わかる？」

わかってますって。今里さんから漂う陽《ひ》だまりのような香りが素敵なことくらい。

「やっぱり急に岩が降ってきてますよ」

「そんなことない。よく見てて」

お言葉に甘えて今里さんのむき出しのうなじを後ろからこっそり覗く。白肌のキャンバスにうぶ毛がうっすらと模様を描いていて、もはやルーブル美術館に展示されるレベルの傑作だ。

無反応な俺を訝しんだ今里さんがチラリと振り向く寸前に、素早く画面に目を戻した。

ウーン、岩の落下のタイミングがワカラナイナー。

真面目《まじめ》な話、岩の出現から直撃まで一フレーム（六十分の一秒）もないんじゃないのか。

「ていうかこれをよくさっきからノーミスでよけられますね」

「……そりゃあ、今里先輩はスロットを目押しできるような人だから余裕でしょー」

俺の横で須崎さんが唇を尖《とが》らせている。

「橋広くん、このステージの担当者は?」

「ヨシタケさんでした」

「ヨシタケ先輩って、今どこにいますっけー?」

「……有給使ってタイに行ってる」

と、今里さんがこめかみを押さえた。

「過去の挙動を一応知りたかったんだけど……連絡は難しそうね」

俺は過去のバグ報告を漁ってみたが、似たバグの類いはなさそうだ。

仕様なのだろうか。それにしては何かが一つ、足りていない気もしないでもないが。

「ひとまず岩の挙動はおいといて、こっちの追加の作業を頼める?」

些細《ささい》な疑念は今里さんの言葉で打ち切られた。今里さんの指示で共有フォルダを開くと、

「箱根エリアギミック一覧」というエクセルファイルがあった。

「昨日見つけてくれたAバグのこともあるし、もう一度今の段階でこのエリアのステージギミックを優先的に精査しておきたいの。まかせていいかな?」

「いいですけど、ひとまず地形チェックを先に済ませてからでいいですか?」

「それは私が引き継いでおく」

「え？」

「今はミーティングも何もないから、手が空いた私が見ておく」

今里さんのような立場の人間にこんな単純作業をやってもらっていいのかと思ったが、『さっさとして』とその鋭い視線が暗に訴えかけてくる。

「じ、じゃあ地形チェックお願いします。進捗《しんちょく》シートをファイルに入れときますね」

「よろしく」

今里さんはわずかにホッとしたようだった。

「ギミックの仕様でわからないことがあれば、私に訊《き》いてくれたらいいから」

ふと、今里さんの言葉にやんわりと心がくすぐられた。

その要因が、彼女が発した言葉のイントネーションにあったのだと、遅れて気づく。

「今里さんって、関西の人ですか」

「……え？」

ついそう尋ねると、今里さんは珍しく目を丸くして固まった。

「関西出身のうちの大家さんとイントネーションが似てたなー、と思って。いや別にその、大したことじゃないんですけど、俺の出身も関西に近いというか、久々に地元に住んでる従姉妹《いとこ》に会った気がして落ち着」

「橋広くん」

「はい？」

今里さんはワンテンポ遅れてから二、三度まばたきし、

「それ、今の仕事に関係ある？」

最っ高に顔をしかめて睨《にら》みつけてきた。

「一緒の墓に入ってほしい」

給湯室のシンクに両手をついてもたれかかりながら、俺は溢《あふ》れる感情を吐露した。シンプルで洗練されたののしりとさげすみの欲張りハッピーセットにお腹《なか》がいっぱいだ。

その甘い余韻を演出するかのように、給湯室には妙に甘ったるい匂いが漂っている。

――いや、今の発言は欲張りすぎだ、橋広滉代《こうだい》。

物事には順序というものがある。今の俺の安月給で仮に一緒になれたとしても、ヒモ生活確定だ。何の権限も経済的後ろ盾もなく、日々罵詈雑言《ばりぞうごん》を浴びせられる奴隷生活で一生を終えることになるのはわかりきっている。なんだこれ、ハッピーエンドじゃないか。

「違う違う、今の俺が結婚を申し込んだって今里さんが受け入れるわけがない」

自他を厳しく律する今里さんのことだ。将来の伴侶の希望は、おそらく精神的にも経済的にも自立した男を選ぶことだろう。そもそも俺ごときが釣り合おうなどとおこがましい。

たとえ俺と世間に隔たりがあっても。

今里さんにだけは一人の人間だと思ってもらえていれば、それでいいのだ。

「え？　お前、今里のこと好きなの？」

思考が止まり、遅れて背筋が凍った。

振り返ると、灘さんがポカンと立っていた。

その手に握られた電子タバコからは、甘ったるい匂いが漂っている。

状況把握を一フレーム（六十分の一秒）で済ませた俺は灘さんの腕を捻《ひね》って背中に回し、給湯室の壁へ押しつけた。巷《ちまた》で話題の壁ドンというやつだ。

対いじめっ子対策で磨きあげた技が社会に出て役立つとは思わなかった。後は隙だらけの腎臓に拳《こぶし》をドンと打てば、灘さんの心臓をトゥンクといわすことができるだろう。

「いでででで！」

「こんな所でサボりですか」

「ちゃんとタイムカードは切ってるよ！　一階の喫煙所まで遠いからここで吸ってんだ」

「他言無用」

「わかった、わかったから離せ！　話せばわかるから……！」

ひとまず灘さんを解放すると、ケホケホと咳き込んでから電子タバコを片づけた。

「──ほーん、それにしても意外だった。今里が好きとは、お前も人の子だな」

「それは誤解です」

「嘘言うな。あれだけ一人でぶつぶつ幸せ結婚生活練ってたくせに。今里かぁ、ほーん……。まあ背は小さいけど、意外と出るとこは出てるしな」

「だから誤解ですって！　彼女をそんな邪《よこしま》な目で見るような変態じゃありません」

「何を純情ぶってんだ。人はみな生と性を授《さず》かって生まれた変態なんだよ」

「俺は……！」とぎゅっと拳を握り、

「俺はただ、今里さんにののしられたいだけなんです！」

灘さんはあんぐりと口を開けて固まった。

妙な沈黙が流れた。

そうして灘さんは徐々に口を閉ざし、「うん、そうか」と頷いてから柔和な笑みを浮かべた。

「理解してくれましたか」

「ああ。理解したよ、このド変態野郎が」

「してないじゃないですか！　俺は富士の天然水にも負けないくらい純粋なんです！」

「うるせぇ産業廃棄物！　とんでもねぇ性癖を世界遺産から垂れ流しやがって！」

「違うんです」と誤解を解《と》こうと伸ばした手を「さわんなや」と払われた。御しがてぇ。

Aプラン Bプランとこの場を乗り切る方策を練っていた俺だが、この想いを理解してもらえない以上、後顧の憂いをなくすためにも灘さんはこの場で排除せざるをえない。

「かくなるうえはZプランで……」

ゆっくりと戦闘の構えをとる。この技を使うのは「今里の桃みたいな乳を揉《も》めたら死んでもいいわ」とほざいたヨシタケさんを願い通り葬り去って以来だ。

「ちょ、落ち着け、刑務所に行ったら今里に会えないぞ！」

灘さんの渾身《こんしん》の叫びが耳に届き、どうにか踏みとどまった。

「……とにかく、今見聞きしたことはご内密に」

「ほーん、どうしよっかな」

灘さんは壁にもたれ、ニヤニヤと無精ひげをさすっていた。

「ひとつ、条件を呑めば黙っておいてやる」

「条件？」

「そ。今日の飲み会に参加することー。それが条件」

「……昨日もしませんでした？」

「昨日は少人数の集まり。それに今日はハナキンで、しかもビルメンテナンスの関係で十五時終わりだ。昼間っから酒が飲めるんだぞぅ〜？」

「俺、未成年って言いましたよね」

「大丈夫、ノンアル組はお安くしとくから」

「参加費は？」

「いつもの場所なら、そうだな……二千円でいいかな？」

「ニセッ！」

ばかな……、一カ月の食費の約五分の一が、たったの一晩でふっ飛ぶだと……？

「え、お前って、そこまで金ないの」

灘さんの瞳に憐憫《れんびん》の色が宿りかけている。いかん、これ以上の弱みは見せられない。

「違います。財布の砂漠化を嘆くＳＤＧｓ志向のエコな男なんですよ俺は」

「ほーん、みんなで折半してやるつもりだったが、なら大丈夫そうだな」

灘さんがニヤァと邪悪な笑みを浮かべた。ちくしょう、判断を誤った！

「二千円くらいけちけちすんなよー、お前はもっと日本の経済を回せって」

「家計の火の車を回すので精いっぱいです」

「ま、でも値段を聞くってことは、来てくれるってことだよな？」

「いや俺はまだ行くと決めたわけじゃ……」

「いいのか、弱みを握られた今のお前に拒否権はないんだぞ」

なんと狡猾《こうかつ》な。武士の風上にもおけん奴め。

「……御しがてぇ」

額に手を当てる俺を灘さんはほんほん笑っている。

二千円かぁ。偉人を二枚、日本経済のために生贄《いけにえ》に捧《ささ》げるのだ。せめてそのコストに見合う何かが飲み会に存在すれば……。

「あ」

「どした？」

「今里さんも呼んでいいですか？」

「今里はやめてくれ」

真顔で灘さんが即答した。

思わず「え、この人にこんな表情のバリエーションが存在したの？」と驚いたほどで、実装されないであろうキャラや武器の没データをデバッグ中に発見した時の気分だ。

「もう一度言う、今里だけはやめてくれ」

「何でですか。怖いからですか？」

「いや……うん、それもあるが……」

コミュ力の高い灘さんにとっては珍しく、妙に歯切れが悪い。

「あれだ、場の空気がしんどくなる」

「じゃあ俺が隣に座って今里さんの相手しますから」

「そこまでかよ」と今度は灘さんが額に手を当てる番だった。

「お前さぁ、何でそんなに今里のこと気になるの？」

「何でって――」

入社して最初に、大手タイトルのデバッグチームに入れられることになった。ソフトのボリュームに比例してチェック内容も多く、人海戦術で作業に当たっている状況だった。

不慣れだった俺も、その作業量によってすぐに仕事を覚え、経験を積み、一カ月後にはすでにバグ報告件数がトップだった日もあった。

だが、その実績が新人特有の気のゆるみを生んだ。

デバッグ作業が終盤に差し掛かった際に仕様変更があり、追加チェック作業が発生した。チェックは敵の挙動まわりに関連することで、最新のゲームにほとんど触れたことがなかった俺にとって、正直、難しい内容だった。

担当作業を変えてもらうこともできたが、それはしなかった。今の俺なら大丈夫だろうと自信があったし、難しいタスクをこなして早く会社に認められたかった気持ちもあった。

担当タスクはどうにか期限内に終えることができた。

が、作業の後半になって致命的な進行不能バグが発生した。原因は俺のチェック不足による見落としだった。時間がない状況で、チームは再チェックを迫られることとなった。

『気にすんな』『誰にでもあるよ』

そう優しく声をかけてくれる人もいたが、後に「不動明王」とあだ名されることとなる俺の人相を恐れての、上辺だけの言葉にすぎないことはわかっていた。

『新人だからね、仕方ないよ』

当時の責任者も、頭を下げる俺に向かって愛想笑いで答えていた。

優しさを刷毛《はけ》で薄く塗っただけの上辺だけの笑顔。その下には『下手に刺激してお前にキレられるほうが厄介』という本音がどうしようもなく透けて見えてしまう。

人がそうして俺に向ける笑顔も、優しい言葉も。

猛獣から距離をとるための防衛手段にすぎないのだと、とっくにわかっている。

俺は上司の態度よりも、隣で一緒に頭を下げてくれたチーフの今里さんに申し訳なさを覚えた。毅然《きぜん》と曲げていた中学生みたいな小さな背が、今でも目に焼きついている。

『今里さん、本当にごめんなさい』

オフィスから出るなり、俺は前を進むその背に詫びた。

今里さんは振り返るなり、

『うぬぼれないで』

無表情な彼女から放たれた予想外の言葉に、しびれて動けなくなった。

上辺だけの慰めを心のどこかで期待してしまっていた俺は、ただ口を開けて固まっていた。

『君が格好つけて無理をしたところで、世の中そんなに大して変わらない』

限りなく透明に近いブルーの瞳が淡々と俺を見据える。

『無理なら無理ときちんと伝えて。それが言えるのが大人なんだよ』

最後にそう言い残し、今里さんは颯爽と歩き去っていった。

俺はその場から動けなくなった。

——怒られた。

怒って、くれた。

その事実を自覚した瞬間、未知の衝撃がゾクゾクゾクッと体中を何度も駆けめぐった。

彼女の叱責がドンと心臓を叩き、神経、筋肉、内臓——指先の細胞のひとつひとつまで熱い血流が走り、未知の快楽に打ち震えた全身がカァァと熱くなった。

この時ほど俺は「生」を実感できたことはない。

——もっと今里さんに怒られたい。ののしられたい。

誰もノックすらしなかった俺の心の扉を乱暴に蹴破《けやぶ》って、散々にさげすんでほしい……！

そのたびにきっと俺は……

「この世界で生きていていいんだ」て、実感できるのだから。

動物園の檻《おり》のように愛想笑いの壁を作られ、まるで未知の生物を扱うかのごとく周囲から遠ざけられていた俺の所に、今里さんだけは踏み込んでやってきてくれた。

今里さんだけは——

「彼女だけは俺を、ひとりの人間として認めてくれたんです！」

「俺もお前のことちゃんと人類だと思ってるよ！」

ぐぬぬ、と対峙《たいじ》する俺たちだったが、やがて灘さんのほうが先に折れた。

「なー頼むよー今里は諦めてくれー。それにほら、どうせ誘っても今里は来ないと思うぞ」

確かに。誘う相手はあの今里さんだ。

だがしかしだ。

「じゃあ、俺がもし誘うのに成功したら、呼んでもいいですよね？」

「ほん？」


さすがに業務中に今里さんに飲み会の話なんて持ちかけたらぶち殺されるのは間違いなく（本望ではある）、俺は虎視眈々《こしたんたん》と機会を窺っていた。

この会社には明確に「何時から何時まで休憩」という区切りはなく、社員やスタッフは配分された休憩時間を自分で調整して消費する形をとっている。

やがて今里さんがタイムカードを切って部屋から出て行った。数分待っても帰ってこない。おそらく小休止だ。今がチャンスだと思い、俺は席を離れた。

休憩室に入ると、部屋にあったゲーム機『スミッチ』で遊んでいる今里さんがいた。

「お疲れさまです」

「ん」

今里さんの目は画面に固定されたままだ。体幹は微塵もブレず、コントローラーを握る指先だけがとんでもないスピードで動き回っている。

ソフトは『ハリマオカート』。

中東の世界観を舞台に、魔王コッパにさらわれたヤッシ姫を取り戻すべく、遊牧兄弟のハリマオブラザーズが活躍する有名アクションゲームが土台となっているレースゲームだ。

ハリマオのキャラたちがカートに乗り、アイテムを駆使しつつ順位を競うもので、その戦略性や娯楽性の高さから実況配信でも人気のタイトルだ。

休憩室にはゲームの知見を深めるためという理由で様々なゲームメーカーの据え置きハードが置かれているが、進言したのは意外にも今里さんだったそうで、事実、棚に収められたソフトのほとんどは今里さんの私物と聞いたことがある。

真面目なイメージが強い今里さんだが、実はゲームにおいても社内トップの実力を誇っている。ハイスコアを競う類いのゲームで今里さんの記録を超えた者は未《いま》だにおらず、ハリマオカートに関しては世界レベルのライン取りで走っていると評する者もいる。

そんな社内では敵なしの今里さんはというと……レースを放棄し、メインキャラのハリマオが乗るカートを淡々とコースの壁にゴツゴツとぶつけていた。

「……何やってんです」

「この遺跡コースのゴール手前の壁、なんか怪しい気がして」

「また例の、『知らない世界を知りたい』てやつですか」

ピクリと動きを止めた今里さんはこちらを振り向き、

「よく覚えてたね」

と目を丸くすると再びゲームに戻った。

「なかなか衝撃的な光景でしたからね」

手近な椅子に腰を下ろし、今里さんの小さな背中とうなじをぼんやりと見つめる。

俺はふと、この状況に既視感を覚えていた。


『うぬぼれないで』

かつてそう叱責を受けた直後、今のままではダメだと判断した俺は今里さんに頼みこみ、この部屋で最新ハードのアクションゲームのレクチャーをしてもらったのだ。

もちろん指導は半端《はんぱ》じゃなく厳しく、ミスを叱責され、なじられるたびに、俺はヒィヒィと悦《よろこ》びの声を何度も上げざるをえなかった。

その時の指導が今の俺を形作っているわけだから、感謝してもしきれないのだが……。

レクチャーが進むにつれて、やがて今里さんのほうがコントローラーを握る時間が多くなり、何を思ったのかゴツゴツとキャラを壁にぶつけはじめたのだ。

『……何してんです』

『いや、何となく、この辺りの当たり判定が気になって。もう少しで壁抜けできそう』

『仕事でもないのに、デバッグなんてしてどうするんです』

『そうだけどさ』と今里さんは瞳にモニターの光を反射させながら言った。

『知らない世界を知ってみたくて』


「脱獄王」と呼ばれるほど壁抜けバグの発見が達者な今里さんに、周囲は「あんな地道な作業を続けられる精神力がすごい」と感心しているが、俺はその時の今里さんの姿を知って以来、ただ単に本人の性分なんじゃないかと睨んでいる。

そして今も相変わらず、今里さんは果敢に壁抜けにチャレンジしていた。

スタッフロールを見たらわかるが、『ハリマオカート』はうちよりもずっと大きな会社がデバッグ業務を請け負っているので、そうそう簡単に抜けなど起こるはずもない。

ハリマオが壁にぶつかる痛々しい音だけが響く休憩室に他のスタッフの姿はなく、飲み会のことを告げるなら今が絶好のチャンスだろう。さて、どう切り出したものだろうか。

いろいろ誘い文句を練ってみたものの、コミュ力に乏しい俺は、シンプルにいくことにした。

「ところで今里さん」

「何」

「お酒って、好きだったりします?」

「見るのも嫌い」

ダメだこりゃ。

がっくりと肩を落とす。が、今里さんの言葉はそれで終わりではなかった。

「お酒って、確か橋広くんはまだ十九でしょ」

「あ、はい。入社して一年とちょっと経《た》ちました」

「早いね。最初は私がチーフの班にいたよね」

「その節はご迷惑をおかけしました」

「……『格好つけて無理はしてない』から」

「え？」

「君から引き継いだ地形チェック。きちんと自分の仕事を終わらせてからやってます」

「わかってますよ」と、答える俺の声は冷静だったろうか。あの時俺にかけてくれた言葉を覚えていてくれたことを、無性にくすぐったく感じたのだ。

「今里さんは、その、相変わらず優しいですよね」

照れ隠しに何気なく口にした言葉に、ピクリと今里さんは手を止め、振り向いた。

「……優しい？」

「須崎さんに地形チェックをやらせたのも、仕事を覚えてほしかったからでしょ」

「……」

昨日須崎さんがAバグの報告をしようとした際、今里さんは誤字脱字の件を持ちだして地形チェックを進めるように指示を出していた。その時の言動は嫌みったらしく聞こえたかもしれないが、それは何もスタッフを見下してのことではない。

むしろ逆。今里さんには「仕事で無理はさせない」という一貫とした軸があるのだ。

昨日の須崎さんに対する「バグ報告は橋広くんにまかせたほうが早い」という発言は、まだ入ってまもない須崎さんに複雑なAバグの報告をさせるより、その時間を使ってまずは簡単なバグの経験を積んでほしいという思いからであったのだろう。

そして自分が割り振った仕事は、自分で責任を持つ。まさにさっき別タスクが入った俺から地形チェックを代わりに引き継いでくれたように。

今里さんの厳しさはいつだって、優しさからくるものなのだ。

やがて俺から今里さんは視線を逸《そ》らし、ふぅ、と息を吐いた。

「まさか後輩に気遣われるとはね」

「え！　あ、いや、ごめんなさい。エラそうな言い方してしまって」

「でも」と今里さんは再び画面に向き直った。

「優しい、って言ってもらえたのは初めて、かな」

「それで、何？」

こちらに背を向ける直前、その口元は少し、ほんの少しだけ、緩んでいた気がした。

「へ？」

「いきなりお酒の話を振ってきて、何？　本題は？」

あ、そうだった。忘れるところだった。ええい、言ってしまうか。

「今日灘さん主催の飲み会があるそうです。俺も行くので、今里さんもどうですか」

特に反応した様子もなく、今里さんは延々とハリマオを壁にぶつけ続けている。

「用って、それだけ？」

「あ、はい」

「そう」

今里さんの視線は、ハリマオがゴンゴンと壁に何度も頭を打ちつける拷問のような絵面に向けられたままだ。どうあがいても、このまま世間話を進められる雰囲気ではない。

……俺も給湯室の壁に頭をゴンゴンしてこようかな。

そのまま壁を突き抜けて異世界にでも行ってしまわないものだろうか。

「行く」

「……え？」

その瞬間、ハリマオがぬるりと遺跡の壁をすり抜けた。背景や足場が設定されていないまっ白な世界へと突き抜けたハリマオは、無限に続く奈落へと落下していった。

今里さんはそこでコントローラーを置き、こっちを向いた。

「私も行く」

「ぐぅの音もでねぇよ」

「残念です、さぞ心地の良い音色だったでしょうね」

退勤後、俺と灘さんは新宿駅南口前に立っていた。帰宅ラッシュには早く、南口前の大通りは賑《にぎ》わってはいるものの、東京特有の混雑はまだ感じない。

向かいには高速バスが発着する新宿バスタの建物があり、その奥からドコモタワーがひょっこり顔を出している。今日の飲み会には非番のメンバーも参加するらしく、こうして一旦駅前で待ち合わせをしているわけだが、そこに遅れて須崎さんがやってきた。

「すみませーん、遅くなりましたー」

「どした、俺らと退勤時間変わんないはずなのに」

「いやー故郷からまたはっさくの動画が送られてきまして、更衣室で魅入っちゃいましたー」

「正直でよろしい」

「あざっす」と須崎さんはブルドッグのストラップが垂れるスマホを掲げ、敬礼した。

「さて、残りは今里だけかな？」

灘さんが周囲をキョロキョロする間、須崎さんがトン、と俺に肩をぶつけてきた。

「今日はハシビロっちもいるんだね、珍しいー」

「まぁ、事の成り行きで。須崎さんはお酒飲まれるんですか」

確か二十歳になったばかりと言っていなかったか。須崎さんは「んー」と考えてから、

「少々。今日は一緒に飲めるの楽しみにしてるー」

また頭をわしゃわしゃしてきたので、慌ててその手を払う。

「俺は未成年ですって」

「えー、細かいこと気にすんなよぅー。せっかくいろいろおしゃべりできると思ってんのにさ」

「ていうか、飲み会来てよかったんですか。今日は金曜日ですよ」

「何がぁ?」

「毎週金曜日になると、いつもそそくさと帰っていくじゃないですか」

須崎さんはパチパチと目を瞬いた後、「ぬふふ」と口に手を当てた。

「へぇ、よくあたしのこと見てんじゃーん。人と距離置いている風に見えてさ」

「有名ですよ、『トサキン』の須崎さん」

のんびり屋でその行動原理がつかめない須崎さんだが、彼女は決まって金曜日になると、どれだけ業務が立てこんでいても定時で退社することで知られている。

高知出身であり「華の金曜日」に定時退社する須崎さんは、いつからか「トサキン」と呼ばれるようになったが、奇《く》しくも「金魚の女王」と呼ばれる土佐発祥の金魚と同じ名である。

もっともこのあだ名は、男性人気が高い須崎さんを快く思わない一部女子たちによる蔑称が発祥であるらしいとも聞くが。

「みんな心配してますよ。金曜の夜は男と遊んでるんじゃないかー、って」

しまった、これは少し踏み込みすぎた言い方だったか。

「うっふん、あたしもオトナの女だねぇ」

しかし須崎さんは意に介した様子もなく、セクシーポーズをとり、コツンとスマホで自分の頭を小突いた。汚れが目立つブルドッグのストラップが、ぶらりと揺れる。

「……今もそのストラップ付けてるんですね。また落としても知りませんよ」

「うん。あの時は本当にありがとねー」

また頭を撫でようとしてきたのを、ひょいとかわした。須崎さんは他の男子ともよく話すほうだが、こうして頭を撫でてくるのは俺に対してだけのような気がする。

いったい何が楽しくて、俺なんかにつっかかってくるんだか。

「ぶー」と膨れた後、撫でるのを諦めた須崎さんは、

「そういや灘先輩、今日の飲み会って、こんだけですかー?」

集まったのは十人ほどで、社員とスタッフが半々といったところだ。おどおど対応していたチーフの小津さんの姿はなく、今いるスタッフたちも俺からさりげなく距離をとっている。

「本当はもっといたんだが、その……急に謎の腹痛を訴える奴が続出してな」

「あら」と、背後でカツっと靴音。

「みんな体調管理がなってないんですね」

「うぉ、今里？」

白のダッフルコートを着た今里さんがそこにいた。

「お待たせしました。私で最後ですか？」

「あ、ああ。……よし、みんな、しゅっぱーつ！」

灘さんが号令をかけると、みんなぞろぞろと歩きだした。隣に並ぶ今里さんはいつも通りの表情だが、プライベートではブルーライトカットの伊達眼鏡はかけていない。

「橋広くんも体調崩さないでよ」

「……わかってますよ」

ふいに前を歩く灘さんが神妙な顔で手招きしたので、今里さんの傍を離れ早足で向かう。

「何です？」

「今日はお前がずっと今里の傍にいるんだろ。なら『今里三原則』を教えておく」

「……はい？」

「『飲まさない、離さない、逃がさない』だ」

「新手のヤンデレ入門マニュアルですか」

「真面目に聞け。飲み会中はまず今里に酒を飲ますな、今里から目を離すな、そして」

最後の一言は、念を入れるように俺の眉間を指さして言った。

「絶対に、逃がすな」

何なんだ、いったい。

南口からほど近い所にある、こじゃれたイタリアンのお店が会場だった。

席は意外にも座敷だった。掘りごたつ形式というらしく、色調はダークトーンで統一されている。今里さんの隣を巡り、椅子取りゲームになった際はそのままデスゲームへの移行も辞さない構えだったが、それは杞憂《きゆう》に終わった。

今里さんの周りには誰も座らなかった。というか俺たちの周りに誰も来なかった。配置は俺と今里さんが並んでお誕生日席。そこからみんなとは二人分くらいの空席がある。

おいおい、これじゃあ俺と今里さんの披露宴みたいじゃないか。くるしゅうない、皆の者、ちこうよれ。……本当に誰も近くに来ようとしないな。

今日は飲み放題プラン付きのコース料理ということで、料金は幹事である灘さんに前もって渡しておく。須崎さんがお金を渡しながら感心した様子で、

「さすが幹事さん。酔いが回る前にお金をしっかり集めておくんですねぇ」

と頷いていた。お金を渡しに行った際、俺の近くにいた女子スタッフたちが「また男に媚《こ》びてるよ」と囁《ささや》いていたが、なんとなく不快だったので、聞かなかったことにした。

ただ灘さんが得意気に笑いつつも、「今里もいるからな……」とポツリと付け加えたことに関しては聞き逃さなかった。どういう意味だろうと首を傾げつつ席に戻ると、

「橋広くん、飲みものは？」

突如右舷から今里さんの奇襲を受け、俺の右耳がパニックになる。

「あ、えと、何にしましょうか……」

「ソフトドリンクは、メニューのここに書かれているから」

「ノンアルカクテルってありますけど」

「それは未成年でもだめ」

そうなのか。うーん、どうしよう。ていうかコーラ一杯で牛丼食える値段なんですが……。

「飲み放題プランだから好きなのを頼みなさい」

「あ、はい」

ケチくさい心を見透かされて恥ずかしくなった。気を取り直し、メニューに集中する。

せっかくなので飲んだことないのにしようと、「オロカル」というドリンクを注文した。

まったく何かわからんが、名前の響きからして、さぞかしイタリアーンな店にぴったりな大人のノンアルドリンクなんだろう。

「今里さんはどうします？」

「私はビール」

「え」

不意打ちに脳が固まる。

「見るのも嫌い」と言っていた今里さんがお酒を注文したことにも驚いたし、同時に、『酒を飲ますな』という灘さんの言伝《ことづて》を実行すべきか迷ったからだ。

「……というのは冗談で、橋広くんと同じもの」

呆《ほう》ける俺に、今里さんはかすかに口角を上げた気がした。

「オロカル、私も楽しみ」

ああ。

俺、やっぱりこの人のこと、好きだ。

コース料理が来る前に飲み物が運ばれてきた。今里さんと俺の目の前には鮮やかなイエローのドリンクが置かれる。ほほう、これがオロカルか。

「ほーん！　長々と話すのもなんだ、みんなジョッキを取れぃ！」

灘さんが立ち上がり、「よ、リア王！」と囃《はや》されながら乾杯の音頭を取る。

「今週もお疲れ！　まだまだ作業は続くが、一旦忘れて楽しもう。……乾杯！」

カンパーイ、とあちこちでグラスが鳴る。

行き場を失いオロオロとしていた俺のオロカルに、

「おつかれさま」

「あ、おつかれさま、です」

隣から今里さんのグラスが当たり、コツン、と心地いい音がした。俺の目をちらっと見た今里さんの顔は心なしか得意げだ。俺はどぎまぎしながら、オロカルに口をつけた。

その瞬間だけは周りの喧騒《けんそう》を忘れ、オシャレなバーのカウンターに二人だけで肩を並べているような心地になり、人知れず、ちょっと気取ったポーズでオロカルを飲む。

途端、どこか懐かしさを感じるねっとりした甘みが、活力が湧《わ》きそうな炭酸の波に乗って喉《のど》を流れ落ちていったかと思うと、干上がっていた胃の滝つぼを心地よく満たしていく——

俺は勢いのままに飲み干したグラスを、テーブルにダァンと置いた。うん……！

これ、オ●ナミンCとカ●ピス混ぜただけのやつやん。

ゴッ、ゴッ……

ゆえにオロカル。湯上がりにはたまらん一杯になりそうだ。

ゴッ、ゴッ、ゴッ、ゴ……

はぁ。名前の響きから大人な味を期待してたんだがなぁ。落ち込んでいた俺はふと、二人分は離れた先に座る女子スタッフが、驚愕《きょうがく》の表情でこっちを見つめていることに気がついた。

彼女の前に置かれているのは、オロカル。

あれ？　あの人さっき、ビールを注文してなかったか？

ゴッ、ゴッ、ゴッ、ゴッ、ゴ……!!

ていうか、さっきから何だこの音。でっかい心臓が血を送り出してるような——

隣に目を向けた瞬間、Aバグが発生した時みたいに思考がフリーズした。

実際、その光景はバグかと思われた。

いったいいつ、どうやって女子スタッフのビールと入れ替えたのか。

奪ったビールを豪快にあおる「彼女」はジョッキの底を高々と天井《てんじょう》に掲げ――

そして、口の周りを泡でいっぱいにしながらテーブルに叩きつけた。

「カアアアアアアアアァァァァァ！」


『見つかったか？』

「全然。そっちもですよね？」

飲み会開始からしばらくして、俺は会社の前に立っていた。

メンテナンス中だというビルの入り口は固く閉ざされ、冷たい風に寂《さび》しく体を震わせた。

灘さんとの通話中のスマホの向こうからは『狼藉者をひっ捕らえよ！』『ちくしょう、どこに消えやがった⁉』と社員たちの阿鼻叫喚《あびきょうかん》が聞こえてくる。

『だからさぁ……酒を飲ますなって、言ったよな？』

「だって、想像できないじゃないですか。まさかこんなことになるなんて」

本当、なぜこんな事態になったのか。

話は少し前にさかのぼる。

「タ、タワービールのお客さまぁ……」

「それうちのー！　お姉ちゃん、こっち来てぇ」

彼女はドン引きする店員さんから五十センチはある筒状のビールジョッキを受け取った。

「も、もう一本、こちらのタワービールのお客さまぁ」

「それもうちー！　おらぁ、どけぇハシビロぉ」

彼女は両手にタワービールを持つと、隣に座る俺を蹴飛《けと》ばして押しのけた。

そして誕生日席で仁王立ちになるなり、ドヤ顔で二本のタワービールを掲げ、

「やぁやぁ雲に聞け、風に問え！　われこそは難波《なにわ》の地に生まれし酒呑童子《しゅてんどうじ》の申し子なり！がん首ならべる雑兵どもよ、わが妙技をとくとその眼に焼き付けよ！」

彼女は二本のタワービールに同時に口をつけると、一分もかからず飲み干してみせた。

空になったジョッキとは対象的に、「ぱはー！」と彼女の表情は満ち満ちていた。

今里マイの体に宿るその「何か」は。

俺が一度も見たことがなかった、笑顔を浮かべていた。

なんだこれ。いったい、何が起こっている。

「灘ぁ！」

「あ、はい」

今里――いや、今里さん（仮）の声に、灘さんがすぼめていた肩をびくりと震わせた。

「なんや、この前のデータクラッシュ。未だに再現とれんとは何をしとんのや」

「今里、落ち着け。ここで仕事の話はまずいから――」

「じゃかあしい！　いっぺん頭スコーンと割って脳みそチュウチュウしたろか！」

彼女よりも先輩のはずの灘さんがおろおろしている。平時なら「ざまぁ」と笑ってやるところだが、さっきから情報量が多すぎてそれどころではない。

続けて今里さん（仮）はふらつく足で須崎さんに近づくと――

背後から須崎さんの控えめの胸をわしづかみにした。

「どひゃっ？」

「んふふ、大きさはうちの圧勝ー」

「待て今里くん！　コンプラ違反はよすんだ！」

慌てて注意した主任に対し、「コンプラ違反？」と今里さん（仮）が冷ややかな目を向ける。

「この前バグをもみ消そうとした主任みたいなですか？」

ひゅっと主任が息を詰まらせた。いったい何をしたんだ。

今里さん（仮）はギューーッと背後から須崎さんを抱きしめる。

「須崎ちゃんよー、さっきから全然飲んでへんみたいやん」

「あ、あはは、あたし、お酒は少々嗜《たしな》む程度で……」

「少々少々と、いつもやかましいな！　決めた、お前のことはこれから須崎少将と呼ぶ！」

「だ、ダサ……」

「なんやとー?」

「んなぁっ?」

須崎さんを揉む手が激しさを増す。

「こいつは最近、生意気にうちの弟子に色目つこうとるからな、お仕置きや」

「で、弟子……?」

「ハシビロやハシビロ！　な、ハシビロー！」

今里さん（仮）に蹴《け》っ飛《と》ばされたまま床に転がっていた俺は、高速で首を横に振った。

知らん、俺は知らんぞ。こんな今里さんに果てしなく限りなく近いクリーチャーなんて。

「ハシビロっ、ち……」

触手に搦《から》めとられたようにトロンとした目をする須崎さん。いかん。このままではCERОが一段階厳しくなってしまう。慌てて起き上がり、須崎さんから暴徒を引きはがす。

「今里さん、やりすぎです。これ以上はZ指定になります──よ?」

一瞬の隙をつかれた俺は今里さん（仮）に胸倉をつかまれ、押し倒されてしまった。

肘がテーブルにあたり、並べられた皿がガチャーンと派手な音を立てるのもかまわず、今里さん（仮）がぐいっと顔を近づけてきた。

いつもはきっちり整えているナチュラルショートの茶髪はばっさばさ。鋭利な輝きを放って

いたはずの瞳は、熱を加えたチーズのようにトロンとしている。

「箱根で降ってくる岩もよけられん弟子が、師匠に逆らいよってに」

「はい？」

「今里くん、それは言っちゃいかん！」

「だいたいなんや！　常識考えて箱根にあないにゴロゴロ岩が降ってくるかいな！」

それとも、と今里さん（仮）の目が途端にきらめいた。

「現実の箱根はゲームみたいにデンジャラスな観光地なんかな！」

「い、今里くん～、それ以上は守秘義務に引っ掛かるからホントやめて！」

再び注意した主任に対し、今里さん（仮）が冷ややかな目を向ける。

「この前の飲み会みたいにまた『パチパチパンチ』されたいですか？」

ひゅっと主任が胸元を庇《かば》った。いったい何をされたんだ。気づけば座はしんと静まり返っていて、今里さん（仮）は興が醒めた目でじろりと見渡した後、

「……おトイレ」とふらりと出ていった。

「カンカンヘッドは、カンカンヘッドだけはやめてくれ……」

なにやらトラウマに震える主任を灘さんが介抱しつつ『ついていけ』と目で合図する。

俺はよろよろと座敷を出て、今里さん（仮）の後を追った。

「今里さん、危ないですよ」

彼女はちらっと後ろを一瞥して、「楽しいなあ、ハシビロぉ」と聞く耳を持たない。

「ふわふわと飛んでいきそうや」

「壁抜けはしないでくださいよ」

「んふふぅ」と彼女は妙な笑いとともにトイレに消えていった。

それを確かに見届けた俺は、廊下の壁にぐったりもたれた。

座敷を見ると、灘さんと主任は膝《ひざ》を突き合わせ、虚《うつ》ろな目で徳利《とっくり》の酒を注《そそ》ぎあっている。

「……なんで、こんなことに」

頭を抱える灘さんの目は完全に死んでいた。

「俺は……俺はただ、みんなにワイワイ飲んでもらいたかっただけなんすよ……」

「うん、いつも幹事してもらってごめん。損な役回りなのに毎度ありがたいよ……」

灘さんからは中間管理職特有のどうしようもない悲愴感《ひそうかん》が漂っていた。そのうなだれた姿からは、「リア王」と称されるいつもの充実した明るさは見られない。

没落した悲劇の王……。もしかして「リア王」というあだ名は、シェイクスピアの四大悲劇から来ているのではなかろうか。「普段明るい人ほどいつも裏では苦労している」とはよく聞くが、あれは真実であったか。かわいそうに。ざまぁみろ。

なんやかんやで今里さん（仮）がトイレに入ってから五分が過ぎた。

そのまま十分待った。

ついでとばかりに十五分待ってみた。

……。

さすがにトイレ長くないか。

「今里さん、大丈夫ですか？」

個室トイレの前に立ち扉をノックする。返事がない。……急性アルコール中毒、嘔吐《おうと》物による窒息。過去にニュースで聞いた事例が頭をよぎり、最悪の事態を想像してしまう。

慌ててドアノブに手をかけると、扉が簡単に開いた。そして――

今里さん（仮）の姿は、どこにもなかった。

「…………はい？」

状況を呑みこむのに数秒を要した。

今里さん（仮）が、忽然《こつぜん》と消えた。非常ドアも何もない空間で。

放心状態で座敷に戻ると、鬼の居ぬ間に洗濯とばかりに、社員たちが勢いよく酒を酌み交わしていた。呆然《ぼうぜん》と立つ俺に、へろんへろんになった灘さんが声をかけた。

「ほーん、どうしたぁ、ハシビロ」

「今里さんが、消えました」

カッチャーン、と手にしていたお猪口《ちょこ》を落っことした。

「どこでだ」

「トイレです。でも、信じられないんです」

一瞬で酔いを醒《さ》ました灘さんは、トイレへと駆けていった。俺が追いつく頃には真剣な顔でトイレのあちこちに目を走らせ、時折コツコツと壁や床を叩いていた。

「壁やドアの当たり判定は事前に調べといたのか？」

「んなことしませんよ。デバッグじゃないんですから」

やがて扉前の洗面所で何かに気づいた灘さんが「ここだ」と指さした。洗面所の上には内倒しの窓があって、アタッシュケースが通りそうなくらいの隙間が空いていた。

「おそらくここから今里は脱走した」

「嘘でしょ。いつの間に……ていうか、関節でも外さん限り無理ですよ」

「今里なら抜けられるさ。あいつは……『脱獄王』だから」

ああ――

「脱獄王って、そういうことだったんですか」

灘さんは再び駆け出して座敷に戻るなり、

「者ども、であえであえ！　狼藉者が逃げ出したぞ！」

床にぐでんぐでんになっていた社員たちが、一斉に身を起こした。

「不覚！」『して、くせ者はいずこに⁉」

みんな、着々とゲーム『東海道忠』の世界に染まりつつあるなぁ。須崎さん含め、経験が浅いスタッフたちだけが何事かと目を丸くしている。

「灘くん、今里くんの明日の予定はわかるかい？」

主任の問いに、灘さんがとてつもない速さでスマホのスケジュールアプリを繰る。

「明日の朝一番で、クライアントとのオンラインミーティングが入っています」

うおおお……、と社員たちが一斉に頭を抱える。

「下手したら徹夜だな」と意味不明な呟《つぶや》きも聞こえてくる。

なんだ、いったい何が起こっている？

事態が飲みこめない俺の肩に、「ハシビロ」と灘さんの手が置かれた。

「出陣だ」


こうして今里さん（仮）の一斉捜索が始まり、現在に至る。

俺はスマホ越しに灘さんの話に耳を傾けていた。

『いいか、今里は「旅上戸」だ』

「たび……なんです？」

『「笑い上戸」とかの言葉の意味はわかるな』

「酒を飲んだらやたら笑う人のことですよね」

『そうだ。今里はそれと同じで……酔うと旅に出る』

「……はい？」

『放浪癖があるんだ。酔っ払ったら最後、ふらりと消えて旅に出る』

「旅って、大げさな」

『三回』

「何がです？」

『都外に出た回数だ。都内に留《とど》まってくれていたら奇跡だと思え』

「都外って……。酔いが醒《さ》めたら自力で帰ってくるんじゃないですか」

『今日中に帰って来られる距離ならいいんだがな』

灘さんの言い草に、不穏な気配を感じた。

「……一ついいですか」

『なんだ』

「今までで一番遠かったのは？」

『台北』

「……………。

「よかった。まだアジア圏内ですね」

『とにかく今日中に連れ戻せ。明日はクライアントと今後の方針を話し合う大事なミーティングがある。責任者の今里はどうしても外せない』

「もしそれに参加できなかったら？」

『あの会社のストイックさは知ってるだろ？　今後の取引はないと思え』

「……もしかして会社の命運かかってます？」

『お前の肩に……な』

「灘さん？」

『すまんが俺たちはここまでだ……走り回って、酔いが回………オロロロロロロ』

うへぇ、と耳からスマホを離す。

『ハシビロっちー、聞こえるー？』

「須崎さん？」

『ごめん、先輩たちが今軒並みオロロンしちゃってさ。あたし、介抱しなきゃ』

先輩たちと一緒に酒を嗜んでいたはずの須崎さんの声はハキハキしている。

「わかりました、頑張って探してみます。先輩たちの容体は？」

『大丈夫、大した量は飲んでないよ。ろくに食べずにお酒を流しこんだから』

「お酒に詳しいんですね」

『少々。一応大人だしねー』と電話越しに須崎さんが笑い、通話を終えた。顔を上げると、まだ十八時にもならないというのに、冬の新宿の空はとっぷり暗くなっていた。

その後も会社を起点にデタラメに路地を駆けまわってみたが、少し走っただけですぐに息があがってしまった。

視界がふらつき、街の明かりがキラキラと幻想的にちらつく。

少し足を休め、酸素を取り込むべく夜空に向かって顔を上げる。明かりが灯《とも》ったビル群が縁取る空には当然星の姿は見えず、真っ暗な谷底を覗いているようだ。

その谷底に向かって、色彩豊かに輝くドコモタワーの尖塔《せんとう》がまっすぐ屹立《きつりつ》している。

「こうして会社の近くをうろついたことって、今までなかったな」

自宅と会社の最短ルートをほとんど行き来する日々を送っていた俺にとっては、少し路地を外れただけで大冒険だ。それまでせいぜい知っていたのは、会社の近所の謎の森が新宿御苑と呼ばれる緑地公園だということくらいだ。

今度はその新宿御苑に沿って道を南下してみる。線路を潜り、千駄ヶ谷駅前の道を渡ると、ライトアップされた巨大なドームに辿《たど》り着いた。

テレビで見たことがある。オリンピックで使われた国立競技場だ。

「こんな近くにあったのか」

さすがに物を知らなさすぎだろうと呆《あき》れた瞬間に力が抜け、その場にあぐらをかいた。

ぜいぜいと息をする姿は、一仕事終えたアスリートのようだが、実際はただ行き場を失った迷子が途方に暮れているだけだ。

「あーくそ、どこに行ったんだよ」

ぐらつく頭でこれまでの記憶を掘り返す。何か彼女の言動にヒントがなかったか。

よみがえったのは、仁王立ちになりタワービールをダブルで掲げる彼女のドヤ顔——

ちがうちがう、こんなんじゃない。

他に何か、何かなかったか。

『現実の箱根はゲームみたいにデンジャラスな観光地なんかな！』

ハッと顔を上げた。

まさか。


新宿駅南口に引き返した俺は、そこで探していたナチュラルショートを見つけた。

小田急の改札前に立ち、その小さな顔は、じっと発車案内の電光掲示板に向けられている。

「忘れ物です。風邪ひきますよ」

俺はその頭に、灘さんから預かっていた今里さん（仮）のコートをかぶせた。

彼女がパッと振り返った。雑踏の光を反射した七色の光が俺を見据える。

「きたかぁ、ハシビロ」

ぼさついた髪を揺らし、にひひと笑った。

「『知らない世界を知りたい』、ですよね」

息を整えながら切り出した俺に、今里さん（仮）はニコニコしながらコートを羽織った。

「あのゲームみたいに現実の箱根に岩が降ってくるか、デバッグしにいくんですよね」

知らない世界を知りたい。

という今里さんの性分を知っている人は、恐らく社内では俺くらいだろう。発言を思い返してみると、今里さん（仮）はさっきの飲み会で箱根に興味を持ったようだった。

気になることがあれば徹底的に確かめてみるのが今里さんなので、『東海道忠』をデバッグするために会社に向かったのではないとわかると、導かれる答えはただ一つ。

今里さん（仮）は今から、現実の箱根にデバッグしにいくつもりなのだ。

が、そうは問屋が卸さんぞ。この物価高のご時世にそうやすやすと卸してたまるものか。

「帰りますよ、今里さん」

俺が半歩踏み出すと、「いやや－！」と今里さん（仮）は身を引いた。

「ほら見てみ、あそこに書いたる『箱根湯本』行きの電車を。今からあれに乗って、ほんまに箱根にあないにゴロンゴロン岩が降ってくるか確かめてきたんねん！」

くそ、これがゲーム脳というやつか。これだから最近の若いモンは。

「あのゲームみたいに観光地にわんさか岩が降ってくるわけないでしょ。帰りますよ」

「しーらーん！」

ムカつく。なんだこいつは。この苛々《いらいら》には身に覚えがある。なんだったか。

そうだ、『東海道忠』の主人公・忠路《ただみち》を苦しめる宿敵「チュウジ」だ。

姿形は一緒ながら誠実な忠路が決してしない狼藉を働き、散々に厄災を招く偽者。

この人もあれだ。俺の知っている今里さんの皮を被《かぶ》った偽者——

「イマリさん」だ。

これ以上予測不能の行動をとられる前に、俺は財布から切り札を引き抜いた。

「灘さんからタクシー代を預かってます。これで家まで送りますから」

この一万円札が目に入らぬか。タダで家まで帰れるのだ。タクシー代を出されて帰らぬ女がこの世にいるのものか。ほーれほれ……だぁ、スられた！

「ちょ、返してください！」

ふふーん、とイマリさんが一万円札をひらひらさせる。

「ゲームしようや」

「ゲ、ゲーム？」

「親指と人さし指で物をつまむ形をつくってみ。ちょっと隙間を開けてな」

つい指示に従い、親指と人さし指に数ミリの隙間を開けた手をイマリさんに差し出した。

その指の隙間の数センチ上に、イマリさんは一万円札を近づけた。

「今からその指の間に札を落とします。合図はなし。もしハシビロが地面に落とさずに指で札を摑めたら、うちはおとなしく家に帰ります」

失敗したら、とイマリさんは不敵に顔をゆがめ、

「箱根まで、うちについてきてもらおか」

俺は唖然《あぜん》とした。

敗北条件にではない。ゲームの内容についてだ。

え、そんな簡単なゲームでいいのか、と。

「本当にこのルールでいいんですか」

「武士に二言はない」

「いいでしょう。受けて立ちます」

「ほな、いくでー」

ふふん。雑踏の中に落ちた小銭の音すら聞き逃さない俺だ。

一万円札という、ほんの数分前までいかに言い訳して着服してやろうか真剣に考えていた金額を前にして取りこぼすなど万にひと——あ、落ち——

落ちた。

そう知覚した瞬間には札は指をすり抜け、地面にひらりと落ちていた。

バカな。何が起こった?

一万円札がリニアモーターカーのごときスピードで通過していったぞ。

指をつまんだ姿勢のまま硬直する俺の前に、イマリさんは拾った札を得意気に掲げた。

「うちの勝ち。ほな行くで」

「あ、ちょっと待ってくださいよ！」

イマリさんはずんずんと小田急の窓口に向かうなり、バンと一万円札を叩きつけた。

「箱根まで！　大人二枚！」

「は、はい。箱根湯本まででよろしいですか」

「うん、いっちゃん遠くまでの切符でええでー！」

「イマリさん、そんなバブリーな買い方やめてください！」

「今からですと箱根湯本行きのロマンスカー……特急がございますが」

「うん！　それそれ、ろまんすかー！」

「席のご希望は？」

「いっちゃん、ええ席ー！」

「ええと、前展望席が満席なので、後展望席でお取りしますね」

さすがプロだ。酔っ払いの戯言《たわごと》にも見事対応し、あっという間に発券してみせた。

……て、感心してる場合じゃなかった。

「イマリさん、やっぱり無茶――」

ぎゅっと、手を握られた。

「行こ」

……。

「ほあああ」

尻尾《しっぽ》を引っ張られた某国民的猫型ロボットのように、全身が機能不全に陥《おちい》った。好きな人に手を握られたんだ。正気でいられるわけがないだろう。

もし正気を保てる奴がいたとしたら、そいつはただの変態だ。

骨抜きにされた俺をずるずるーとイマリさんが引っ張り、売店で酒をたらふく買いこみ、改札を抜ける間も、俺は一切《いっさい》の抵抗ができず、特急が待つホームへと連行されていった。

「ハシビロ、見てみ。めっちゃ赤いわ！」

ホームには既に赤い特急電車が停車していた。「ロマンスカー」と言ったっけ。広告でしか見たことがなかったが、車両の先端にあるべき運転席が二階にあり、先端には大きなガラス窓が張られた展望席があった。その流線形の姿はまるで、

「宇宙船みたいだ」

「な！　うちもそう思った」

イマリさんに引っ張られて電車の最後尾の車両に入る。

「あ、ここやここ」

イマリさんが指し示したのは、一番後ろの展望席だった。席は後ろ向きで固定されていて、眼前にはさっきの大きなガラス窓が張《は》られている。

「え、これってすごくいい席なんじゃ」

一万円で済むのかと心配になった。手を離してもらい、切符を見せてもらうと、運賃・特急料金合わせて二千円ちょいという金額に驚いた。

（こういうのは、自分に縁がないと思っていたけど……）

イマリさんと並んで座る。新宿駅が終点なので、線路は目の前で終わっている。

無骨な構内の壁を眺めていると、急に不安がこみあげてきた。

今日中に帰ってこられる保証はあるのか？

金はどうする？

俺の財布に現金はあったか？

そもそも俺は、今からどこに行くんだ？

予測不能な不安が次から次へと飛来し、ひじ掛けに置いた手がカタカタと震える。

何が「不動明王」だ。

俺はそんな大層な存在じゃない。

まだ四半世紀も生きていない、世間知らずの十九歳だ。

怖いに、決まってる。

「イマリさん、やっぱり帰――」

その震える手を、小さくて冷たくて、あったかい両手が包み込んだ。

「うちがいるから大丈夫」

イマリさんが笑った。

暗闇《くらやみ》に浮かぶ月のように、心の底から安心させてくれる笑顔だった。

ガタンと体が揺れた。

ロマンスカーが出発したのだ。

電車はぐんぐんと勢いを増し、蛇の寝床のように曲がりくねったホームから発進していく。

こっちに向けて指さし確認をする駅員の姿が光の中に消えていく。

新宿駅を離れた電車は夜の街の輝きの中を行く。

見慣れた新宿のビル群が見慣れない角度で後方へと流れていく。

「あ」と思わず声に出た。

馴染みのあるドコモタワーが、打ち上げを待つロケットのように光を灯しているのが見え、あっという間に遠ざかっていった。日常が、遠く離れていく。

本当にまるで、地球を離れていく宇宙船に乗っているようだ。

星のない夜空の下、ぼうと浮かびあがる新宿の高層ビル群が小さくなっていく。

それはゲームデバッグ中に壁を抜け、奈落落ちをした際によく見る、あのステージマップがぐんぐんと遠ざかっていく瞬間に似ていた。

その時と同じ感覚で、日常の壁をあっけなく抜けてしまった気がした。

ただ唯一ゲームと圧倒的に異なるのは。

街や、明かりや、空や、線路が――
壁を抜けた先に、俺の知らない世界が無限に続いていたことだ。
そして、
「うっはぁ、イルミネーションの中を走ってるみたいや！」
ずっと笑っている誰かが、隣にいることだ。
新宿の光が、彼女の瞳の中に小さなイルミネーション会場を作っていた。
俺は、今からどこに行くのだろう。
どこまで行けるのだろう。

イマリさんは旅《たび》上《じょう》戸《ご》

IMARISAN HA TABI JYOUGO

第二章 箱根の果たし合い

IMARISAN HA TABI JYOUGO

闇夜《やみよ》の中を、電車はひたすら駆け抜けていく。

サイバーパンク的な光を放つ首都圏のビル群をバックに、突如闇の中に現れる煌々《こうこう》と光る駅のホームをロマンスカーは次々と通過していく。

まるで銀河を駆ける宇宙船が、宇宙基地をいくつも中継していくようだ。

思わずそんなロマンスな妄想を抱いてしまう光景だが、席の前のテーブルにずらりと並べられた酒缶や酒瓶《さかびん》の類いを眺めていると、妄想も現実という名の重力に引き寄せられてしまう。

「はい、うちの勝ちー！」

千円札が哀れにもまた俺《おれ》の指の間をすり抜けていった。

「えー、なんでだ……」

床に落ちた千円札を拾うと、イマリさんはくすくすと笑った。

目的地に着くまでの間、俺はお札キャッチのリベンジを果たそうとしているのだが、何度挑戦しても札はむなしく俺の指の間をすり抜けていく。

「では約束通り、もう一本開けさせてもらいまーす」

俺が取れなかったらイマリさんは追加で酒が飲める。

その条件通り、イマリさんはハイボール缶を豪快にあおった。

「ぱはー！」

味を噛《か》みしめるように目をギュッとつむる。ホントうまそうに飲むなこの人。

「イマリさん、せめて静かに。周りに迷惑ですから」

俺は遠慮がちに周囲を見るが、乗客たちは気まずそうに目を逸《そ》らした。あ、ダメだこりゃ。

完全に俺が周りにメンチ切ってると思われている。

「酒はもうその辺にしといてください。オロロンしちゃいますよ」

「なにゅーとん。『東海道忠』の忠路《ただみち》も大酒飲みやけど、うちはあれ以上――モガガ！」

「それはまずい。守秘義務だけは守って」

今デバッグ中のゲーム『東海道忠』の主人公の名を出しかけた口を慌ててふさぐ。関《かか》わっているゲームの内容を外で話すことは、どんな些細《ささい》なことでも御法度だ。

いつもの「今里《いまり》さん」なら、絶対こんなことはしないはずなんだけどな――ッ？

ピチャと手のひらに冷たいものが当たって、思わず手を引っ込めた。

ペロリとイマリさんが舌なめずり。

手を舐《な》められたという事実に遅れて気づき、心臓がバクつく。

「ふっふっふ、今日はハシビロの色んな顔が見られておもろいわぁ」

バカにした笑みについイラっとした俺に、

「わーっとる、そない怖い顔せんといて」とイマリさんは座席に深くもたれた。

「どこで誰《だれ》が聞いとるかわからんしな。ほら、あれや、何て言うたかな。壁に――」

『壁に耳あり、障子にメアリー』だったか。

「壁の中のジェシカや」

誰だよ、ジェシカって誰だよ。あと怖えよ。

「考え直してください。そんな都市伝説チックなことわざじゃなかったはずです」

「んなーこたーない、うちの友達の友達から伝来した由緒正しきことわざや」

「いやいや、『大阪の家には必ずたこ焼き器がある』並みに情報に信ぴょう性がないんですが」

「え、うちの実家あるよ。たこ焼き器とたこ焼き用のフライパン」

「……嘘《うそ》でしょ」と俺は驚愕《きょうがく》する。

「あんな局地決戦仕様なフライパン、いったい一年に何度使うというんです」

「嘘やないよ。家族と週一くらいでしてた。たこの代わりにウインナー入れたりしてな」

ぐうう、と腹が鳴った。くそ、飲み会の料理、ロクに食えなかったからなぁ。空腹時に、しかも夜に粉ものの話は自殺行為だ。

「……疲れた。イマリさん、今からでも遅くないです。途中駅で引き返しましょう」

「えー」とイマリさんは苦い顔をするだけだ。

「乗りかかった泥船や。うちは行けるとこまで行くで」

「それ、すぐに沈むやつです」

仕方ない、こうなりゃDプランだ。あまりこの言葉を使いたくなかったが。

「帰りましょう。代わりに俺……『何でもします』から」

「ワンと叫んでハイエナのごとくヨダレを垂らしながら這《は》いつくばりなさい」

「加減って知ってます?」

「あいにく加減のきかん体でな」

「カッコイイな、ちくしょう」

ゴミを見るような目も高得点だった。人目がなければ危うく実行に移すところだったぞ。

とにかくDプランは失敗だ。あとはイマリさんの酔《よ》いが醒《さ》めるのを待つしか手はない。

「そない仏頂面せんときぃや。せっかくの旅やで」

イマリさんの指摘に、ケッ、と心の中で吐き捨てた。

「楽しくもないのに笑えるもんですか」

「へぇ～、うちと一緒にいて楽しくないんやぁ」

ウリウリ、と脇腹《わきばら》をつつかれる。

「こんなわけがわからない状況、不安なのがふつうでしょ」

靴を脱いだ彼女は座席の上で三角座りになると、膝《ひざ》の上に柔らかい頬《ほお》をのせた。

「うちは今こーしてんの、楽しいでー」

俺は何も返事ができず、ただ前だけを向いていた。

こうして旅に出ている時間が楽しいのか。それとも――

俺といる時間が楽しい、という意味なのか。

それを確かめる勇気はもちろんない。俺のメンタルは杏仁豆腐《あんにん》なのだ。

「んふふー、楽しいなぁ、楽しみやなぁ」

ハイボール缶を片手に、イマリさんが足をパタパタとさせる。

「イマリさんは不安にならないんですか？　今からどこに行くか、まったくわからないのに」

「ほーかな。逆にワクワクせーへん？」

イマリさんがこてんと首をかしげた。小さな口から囁《ささや》かれる関西弁を聞くたびに、ふわふわした語尾が心をくすぐり、こちらを見つめる瞳《ひとみ》には銀河が瞬いている。

「ゲームで壁抜けした時とか、うち、ワクワクするもん」

「ええ？　あんだけ抜けてたらさすがに見飽きるでしょ」

「抜け出すたびに新しい世界があって楽しいで。このまま進めばどこに行けるかなーって」

だんだんとイマリさんの声のトーンが落ちていった。ちらりと見やると、イマリさんは何を考えているかわからない顔で、過ぎ去っていく景色をまっすぐ見つめていた。

「うちは、どこまで行っていいんかな、て」

「イマリさん……？」

急に黙りこんだので、俺は仕方なく展望窓の風景に目をやった。

見慣れた新宿の街並みはとっくに夜の彼方《かなた》に消えている。パッと光る駅が現れては暗闇《くらやみ》の向こうへと過ぎていって、青白く光る線路だけが航跡のごとく後ろに流れていく。

相変わらず星空の中を駆けているみたいだ。

「……綺麗《きれい》、かもですね」

「ほーやね。宇宙旅行しとるみたい」


終点・箱根湯本駅には一時間半ほどで着いた。

「うはは、ここが箱根か！」

「あ、待ってくださいよ」

アーチが連なる独特な構造の屋根の下、イマリさんが改札に向かってトテトテーと走っていくのを慌てて追いかける。

その途中、別のホームに古びた電車が止まっているのがチラッと目に入った。終点かと思ったが、ここからまだどこかに線路が延びているのだろうか。

いやそんなことよりも、改札の外へと出たイマリさんを追いかけないと。

駅舎を出ると、温泉街を彷彿《ほうふつ》とさせる土産屋などが国道に沿って軒を連ねていたが、ほとんどの店が営業終了済みで、繁華街なのに薄暗い空気が漂っていた。

傍《そば》を流れる大きな川に架けられた橋の上でイマリさんに追いついた。橋から上流の方を見ると、川沿いには明かりを灯《とも》す温泉宿が並び、幻想的な風景を生みだしていた。

「なんや、岩なんて降ってこうへんやん。建物も江戸っぽくないし」

橋の欄干に寄りかかって温泉街を眺めるイマリさんの乱れた前髪を、夜風がなでている。

「現実はこんなもんですよ。岩なんて降ってこないですし、江戸時代の建物がそのまま残ってたりしたら、それこそファンタジーですよ」

ロマンスカーで新宿を離れた時は、どんどん新しい世界が広がっていく心地がしないでもなかった。が、やはり人生観がすべてひっくり返るような驚きはなかなかないものだ。

そうやって、割り切ろうとしていたのに。

「うん。……せやな」

イマリさんは欄干から離れると、寂《さび》しそうに笑った。

彼女の口からはっきりとその一言を聞いた時。

「ほな帰ろっか」

後ろ髪を引かれるような気分になったのは、なぜだろうか。

ただ、そんな心情はおくびにも出さず、努めて冷静に「はい」と答えた。

「いい息抜きにはなったでしょ」

「せやねー。ここもええ雰囲気やし、今度はゆっくり温泉に浸かりにきたいわ」

「箱根って温泉で有名だったんですね。実際来てみて初めて知りました」

「うちは駅伝のイメージやな。テレビでちらっと見たことしかないけどさ、あれって箱根の関所を通ったりするんかな」

「さすがに箱根の関所は今はもうないでしょう」

「残念、あったら見にいきたかったのに」

「それで、また壁抜けして、関所破りをするんですか？」

「そっちはAバグ出して足止め？」

「嫌ですよ。ビープ音、やかましいですし」

一息つけたからだろうか。言葉を交わしていると、フッ、と心が軽くなった気がした。

すると急にイマリさんが静かになった。

変に思っていると、イマリさんは俺の顔を見て目をパチパチさせていた。

「何か顔についてますか？」

「……いや？」

それでも何やらイマリさんはまじまじと俺の顔を見つめている。

俺は今、よほどの間抜け面でもさらしていたのだろうか。

やがてイマリさんはその目を夜空に向け、「はー」と呻《うめ》いた。

「にしても、ほんま残念。せめて箱根の関所が残ってたらおもろかったのになぁ」

「あら、ありますよ」

聞きなれない声に同時に振り返ると、ランニング途中と思《おぼ》しき中年の女性が、首元に巻いたタオルで汗を拭きながら言った。

「箱根の関所。復元された建物なら今もありますよ」

「……え、この辺りにですか？」

「いいえ、上に」

「上？」

「山の上にある、芦ノ湖《あしのこ》の傍。もしかしてご存じない？」

「あまり地理に詳しくなくて。ここが箱根だと思ってました」

「同じ箱根町ではあるけれど、ここは入り口みたいなとこ。観光地としてメジャーなのはここから箱根登山電車とかケーブルカーを乗り継いで登った先にある、芦ノ湖の辺りかな」

「登山電車？　ああ、さっき駅に止まっていた古い電車のこ、と……」

嫌な予感がした。

ものすっごくヤバイ予感がして隣を向くと――

イマリさんが、忽然《こつぜん》と姿を消していた。

「あああぁッ？」

「お連れさんなら今、駅まで走っていきましたよ」

おばさんが言い終わらないうちに俺は走りだしていた。

道路の向こう、ルンルンと駅舎へと入っていく酔いどれナチュラルショートが見えた。

ヤバイヤバイヤバイ！　よりにもよってなんてタイミングでなんて情報を。

『せっかくやし、いっぺん見てきたろー』

という酔っ払いの戯言《たわごと》が脳内に聞こえてくるあたり、悲しいことに、俺はこの数時間でもうイマリさんの行動原理を把握しつつあった。

駅舎に戻ると、券売機でとにかく一番安い切符を買って改札を抜けた。

降りたホームにはどこにも彼女の姿は見当たらない。登山電車のホームには青や赤色に塗られた、素人目にも相当古いとわかる電車が三両編成で止まっている。

発車メロディが流れた。

「もう、乗ったのか？」

今まさにそのレトロな電車が出発しようとしている。

考えている暇はない。俺は先頭車両にとび乗った。

「イマリさん！」

横長のシートが並ぶ車内はがらんとしていて、目的の姿は見当たらない。隣の車両か？　古い電車のせいなのか、連結部分に通路がない。

一旦《いったん》車外に出ようと思ったその眼前で、ドアが閉まった。

そして。

ドアの向こうに、ポカンとこっちを見つめるイマリさんがいた。

その手には、ハンカチ。

あ、なるほど……お手洗いに行ってたのね。

お花を摘むついでに俺を詰ませてみせるとは、おぬしも悪《わる》よのぅ。

「先に乗りよった！　ずーるーいーー！」

「イイマアアアリイイイイイィィイイ！」

ドアにしがみつき、なんか、もう、色んな感情がないまぜになった叫びを爆発させた。

不満げにハンカチをひらひら振る彼女を残し、無情にも電車はホームを離れていった。

俺はフラフラと後ずさりし、シートに座りこんだ。

えらいこっちゃ。

暗闇の中、先ほどの温泉街が視界の下へと流れていく。どうやらこの電車は、とんでもない急坂を駆けあがっているらしい。登山電車、だったたか？

いったいどこまで登っていこうというのだ。

車内に路線図があった。終点は「強羅」らしいが何て読むんだよ。

アナウンスが流れた。なるほど「ごうら」か。ちくしょう、どこだよ。

わずかに開いた窓から冷たい風が入ってきて、ぶるりと身を震わせた。アナウンスでは、この電車は旧式のため空調の類いがないことも注意していた。

『間もなく塔ノ沢《とうのさわ》、塔ノ沢です』

とにかく今は、箱根湯本に引き返すことを考えないと。

電車はトンネルを抜け、塔ノ沢駅に停車した。

俺は脇目《わきめ》もふらずホームに降り、ＬＩＮＥでイマリさんに『塔ノ沢という駅で降りました。すぐに折り返して戻りますので箱根湯本で待っていてください』とメッセージを送った。

後はあのクレイジーな酔っ払いが読んでくれることを祈るしかない。

スマホから顔を上げると列車が発車していき、俺は一人ホームに取り残された。

屋根付きのベンチの明かりや、わずかな外灯が照らすだけの薄暗い駅だった。

二つのトンネルに挟まれた山中にあるらしく、ホームまでせり出すように生い茂った木々が時折風に揺れ、葉や枝が乾いた音を立てている。

(なんだか……)

寂しいというより……薄気味悪い。

そのイメージに拍車をかけるように、向かいのホームの端には『深澤銭洗弁天《ふかざわぜにあらいべんてん》』と書かれた提灯《ちょうちん》が並ぶ社があった。

「神社……寺……？」

闇夜《やみよ》に浮かぶ提灯に、ぞくりと背筋が寒くなった。

跨線橋《こせんきょう》を渡り、社がある方のホームへ移動した。そこにも屋根付きの待合所があり、時刻表を見て箱根湯本駅行きの電車を調べる。

「次の電車は……四十分後⁉」

もう一度ぐるりと辺りを見回した。駅を挟む両脇《りょうわき》のトンネルが、ぽっかりと口を開けた巨大な深海魚のようにみえてきて、ぶるりと震えあがった。

俺は極力周りを見ず、待合所のベンチに座った。

――ゴツンッ。

びくりと肩が跳ねた。風が待合所の窓ガラスを叩《たた》いたのだと理解したが、周囲の変化が乏しいせいか、わずかな物音にも神経が過敏に反応してしまう。

今、窓から誰か覗《のぞ》いていなかったか？

……。

だめだ、ここにじっと座っているほうが落ち着かない。

待合所を出ると、提灯が並ぶ門をくぐった。境内には小さな社があり、社を囲む池にちょろちょろと水が流れ落ちている。池のそばに柄杓《ひしゃく》が置かれているのはわかるが、用途不明のざるが重ねて置かれているのが少し気になった。

敷地内には幸いにもあちこちに明かりがある。しかしこの寂しい山中において、それらの光はかえって不自然さが際立《きわだ》ち、場所が場所だけに否応なく「異界」を連想してしまう。

ここは本当に実在する駅なのか？　都市伝説でそういう話がなかったか？

「もしも」のことが起こらないよう、俺は社に向かって手を合わせておいた。ここはパワースポットなのか、池の底に小銭らしきものが沈んでいるのがかすかに見えた。

賽銭《さいせん》を入れとこうかなと財布を開けたら、五百円玉が一枚しか入っていなかった。

あれ？　家に帰る現金もないのでは？　クレカで切符って買えたっけ？

灘《なだ》さんから預かった交通費の残りを握っているのはイマリさんだ。ということは、このままイマリさんと合流できないと……「詰み」ってことでは？

ガサササ！

ひいぃ！　なんだ今の音。

恐怖でガチガチに凍りついた体から、心臓の早鐘が伝わってくる。

「もしも」のことが起こらないようにと手を合わせたが、俺はどんな事態を想定している？

超常現象？　神隠し？

それとも不審者との遭遇？　それが一番嫌だ。この世で怖いのは結局、生きた人間なのだ。

今この瞬間、何かのトラブルで社や駅の明かりが一斉に消えたらどうしよう。

真っ暗闇の中、俺はどこに身を潜めればいいのだ。どうやって帰ればいいのだ。

足がガクガクと震える。

やばい、怖い。

ああ、くそ。

ずっとずっと、他人なんて煩《わずら》わしくて仕方なかったのに。

独りがこんなにもさみしい、と思ってしまうなんて。


「おい」


「デェアアアアアアアッッ!?」

背中からはっきり聞こえた低い声に、俺は全力の悲鳴で応《こた》えた。

「ひゃ？」

と後ろにいた人影がパッととびのく。

提灯の明かりの下――イマリさんの姿が、浮かびあがった。

「び、びっくりしたぁ、驚かさんといてぇな」

バク、バク、バクと心臓が送りだした血がようやく頭まで巡ってきた俺は、彼女の声を明確にとらえ、現実だと認識し始める。

「び、びっくりしたのはこっちですよ……！　どうやって来たんですか？」

「箱根湯本の駅出たらさっきのランニングのおばちゃんとまた会《お》うてなー。近くの自宅から車でここまで送ってもらってん」

「え、そんなんで来られるんですか?」

「そこすぐ下りたとこに国道あるで。車で五分かからへんかった」

な、なんだそりゃぁ。イマリさんと無事に合流できたことや何事もなかったことの安心感がどっとのしかかってきて、その場にへたり込みそうになった。しかし、

「ほな無事合流できたし、上まで行こか」

膝を崩さなかったのは、その一言で身が固まったせいだ。

「う、上?」

「まだ電車はあるからな。せっかくここまで来たんやし、関所、見にいこうや!」

正直、俺の心はもうとっくに折れていた。

冒険は終わりにして、早くあのくたびれたアパートに帰りたかった。自分の体は今、猛烈に慣れ親しんだ安布団《ぶとん》のぬくもりを求めているのだ。

「今何時だと思ってるんですか? 行ったら多分戻ってこられませんよ」

「何とかなるって、な?」

「そもそも最初は関所が目的じゃなかったでしょ。初志貫徹でお願いしますよ」

「せやったっけ? もう、さっきからうだうだと意気地ないなぁ」

心の底でカチンと音がした。

いったい、なんなんだこの人は。酒を飲んでは飲まれ、自分だけ楽しんでは散々周りに迷惑をふりかけて、「ごめん」の一言も口にせず、あげくに正論を言えば「意気地なし」？

この手前勝手っぷりは、まさに俺が嫌いなタイプである。いや――

俺が、大っ嫌いなタイプである。

こんな傍若無人で酒池肉林な悪代官は即刻成敗してやらねばならない。だが、

「ハシビロはさ」

困ったことに、

「ハシビロは……うちについてきてくれへんの？」

困ったことにイマリさんは、俺の好きな今里さんと一心同体なのだ。

さみしそうに首を傾げるその顔には、今里さんの面影があった。

「………もし、俺が死ぬほど嫌だと言ったらどうするんです？」

「しゃーなし、一人で行くわ」

それはだめだ。勤め先の命運がかかっている今、イマリさんを何としてでも今日中に連れ戻さなければならないし、そもそも一人で行かせて「今里さん」に何かあったら大変だ。

ならどうする。どうやって止める？

進退をかけてまたあのお札キャッチ勝負を持ちかけるか？

だけどここに来るまでに何回も負け続けたうえ、未《いま》だに攻略法がわからない。

でもほかに勝負できることなんて——

ガササ！

「うひゃあぁ！」

不意に聞こえた音に飛びのいた。

いや。飛びのいたのは、今度は音とともに茂みから珍客が現れたからだった。

「にゃああ」と猫みたいな声を出したそれは——狸《タヌキ》だった。

狸はふかふかぽんぽこした体をゆすりながら、茂みへと帰っていった。

どうやらあの狸が、さっきから聞こえていた音の正体だったらしい。

「狸、狸や！　かわいい～！」

音。……音？

「うち、野生の狸って、初めて見——」

「イマリさん」

彼女は興奮した顔のままキョトンとした。

「勝負しませんか？」

「勝負？」

「まだ灘さんからもらったお金は残ってますよね」

察したイマリさんは、ポケットから五千円札を引き抜いてにやりと笑った。

「お札キャッチで勝負をしましょう。俺が取れなかったら上までついていきます。もし取れたら……そのお金で東京まで帰りましょう」

「ええの？　何べんしても勝てへんかったのに」

その勝利を確信した顔を見て、どうやらこのゲームは、ハナから俺が負けるように成り立っているらしいと悟った。それでも、

「いいんです」

俺は腰から刀を抜くように、人さし指と親指を前に差し出した。

「いざ尋常に勝負といきましょう」

「よかろう」

イマリさんが俺の指の上に、五千円札をつり下げる。

「正々堂々受けて立つ」

あとは彼女のタイミングで落とされるのを待つのみ――

というところで、俺は「ただし」と待ったをかけた。

「お札を落とすタイミングは、今回はこれで決めませんか？」

空いた左手でイマリさんの眼前にかかげたのは、五百円玉だった。

訝《いぶか》しむ彼女に、俺の背後にある池を指さした。

「これを今から池に投げ入れるので、その時に鳴った水音が合図です」

『アプローチを変えてみる』

これはデバッグ作業においてもスタンダードな手法だ。

地形チェックでも、歩きでキャラをぶつけても問題がなかった箇所に、今度はジャンプをさせながらキャラをぶつけてみたら、すり抜けてしまったというパターンがある。

だから視覚に頼って連敗していたこのゲームを、俺は聴覚を頼りに挑むことにしたのだ。

「ちなみにこの五百円は、俺の全財産です」

不退転の覚悟をダメ押しで伝える。あとはこの条件を呑《の》んでくれるかどうかだが……

「……正々堂々って、言うてもうたしな」

イマリさんは軽く息を吐くと、真剣な顔で向き直った。

「ええよ、おいで」

右手はキャッチの姿勢のまま、左親指に硬貨を載せた俺は、

「では……いきます」

ためらいもなく弾《はじ》き、五百円玉を背後の池に向かって飛ばした。

少しでも神経を耳に集中させるため、すっと目を閉じる。

ルール変更で勝負に挑んだものの、勝算なんてものはない。ではなぜそんな勝負に挑んだのだろうと不思議に思っていると、閉じたまぶたの裏に映像が流れはじめた。

それはさっきまで電車の中から眺めていた光景だった。

サイバーパンクじみた新宿の街並みと、闇夜に突き立つドコモタワー。宇宙基地のように夜に浮かぶ駅と駅を結んで走る、赤い宇宙船。

この先には何もないと思っていた壁の先にあった、知らない世界だった。

なるほど。なぜ先が見えない勝負に挑んだのか少し得心がいった。

この世界に、完璧《かんぺき》にわかりきっていることなんて、何もないのだ。

最初から何もかも正解が用意された完璧な世界なら、デバッグ作業なんていらない。

壁の向こうへと飛びだして初めてわかることだって、あるのだ。


チャプン。

――。


あ、やべ。

全然集中できてなかったぜ。

俺は今ちゃんと指を動かせていたのか、それすら自信がない。

絶望に震えるまぶたを開けると、イマリさんと目が合った。

彼女はどこか悲しげに思えるほど真剣な眼差《まなざ》しをしていて、その視線を辿《たど》ると――

五千円札を指で摑《つか》んだ、俺の手があった。

「ふあああん！」

イマリさんが心底悔しそうに髪をぐしゃぐしゃしたが、すぐにガバッと顔を上げると、

「うちの負け！」

清々《すがすが》しいくらいの笑顔で言った。

勝負の嬉《うれ》しさとか、体の疲れとか、不安とか。

その瞬間すべてがどうでもよくなって、心がぽろっと、柔らかくなったのを感じた。

「やった、勝った」

そんな俺を見て、イマリさんはなぜか目をパチクリさせた。

「またその顔見られた」

「……はい？　また変な顔してたって言うんですか」

イマリさんは笑って首を振り、

「おもろい顔！」

ちっとも、意味がわからなかった。


「あれはな、視覚に頼ったら絶対に取れへん遊びやねん」

電車が来るまでの間、待合所のベンチでイマリさんからゲームの解説を受けていた。

「人間が視認して指を動かす速度よりも、お札が落ちるほうが速いんや。不思議やろ」

「なるほど、さっきは聴覚に頼ったから反応が間に合った、というわけですね」

「そゆことー。自力で対処法を見い出すとは、さすがはハシビロやなぁ」

イマリさんが感心していると、箱根湯本駅行きの電車がトンネルの中から現れた。俺は到着した電車に乗りこむ直前、さっき必死に拝みたおしていた深澤銭洗弁天の方を見やった。

「どないしたん」

「いや、金欠の俺を神様が見かねて助けてくれたのかなって」

さっき現れた狸。あれはひょっとすると神様のお使いだったのかもしれない。なんて。

「？」

「何でもありません、帰りましょう」と俺は電車に乗りこんだ。

「ていうかありがとうございます。電車賃、出してもらって」

「灘さんの交通費から出しただけやし。まさかほんまに五百円が全財産やったとはな」

何やらスマホで調べものをしていたイマリさんは、やれやれと首を振っていた。

「拾って帰ってきたらよかったのに」

「いや賽銭を持ってかえるなんて、さすがにそこまで卑しくはないですよ」

「そやなくて。今スマホで調べてたんやけど、持って帰ったほうがええらしいね」

「……え？」

「池にざるがあったやろ？　あれで洗った小銭を使うほうがご利益があるんやて」

ざる。あった。柄杓と一緒に置いてあった。

「——今から拾ってきまブホォッ!!」

踵を返した途端に閉まった扉に思いきり顔をぶつけた。無情にも電車は発車していく。

「ちょ、降ります、降りまああす！」

と、人の道からもドロップアウトしかけている俺の首根っこをイマリさんが摑む。

「あきらめーな。ご利益なんてほんまかどうかわからんやろ」

「あれだけ池に浸しておいたんです。今ごろご利益でピカピカになってますよ！」

「漂白剤にでも浸けてきたん？」

ゴオオと電車はトンネルの中へと突入した。

「ほら、『不動のハシビロ』やったら、ハシビロコウみたいにどっしり構えとき」

イマリさんのハシビロ呼びに、俺はようやく扉から顔を離した。

「……そのあだ名、すんごく不名誉なんですけど」

どいつもこいつもハシビロハシビロと。そんなに俺の表情筋が切れた仏頂面が気になるのだろうか。唯一「橋広《はしひろ》くん」と人間扱いしてくれていた今里さんからも「ハシビロ」呼びされるようになっていたのは、実は少なからずショックだったのだ。

それとも。

今里さんも本音では、俺は珍獣にすぎないと言いたいのだろうか。

「なんで嫌なん？　ゲームを進行不能にさせるのが、ハシビロの武器なんやろ？」

しかし当のイマリさんは、至極まじめな顔できょとんとしていた。

「あだ名で呼ばれるのは、周りに武器として認めてもらえてるってことやん」

「――」

「せやからうちも」とイマリさんは少しはにかんだ。

「すごいって思ってるから、『ハシビロ』て。呼んでるんやで？」

俺は、他人の感情の機微に疎い。だが、これだけはわかる。

今のは間違いなく、イマリさんの本音だったと。

「ハシビロ」は自分の欠点をあげつらわれているようで、ずっと嫌だった。でもイマリさんは、はっきりと「武器」だと言ってくれた。

欠点というのは、否定し改善すべきものだと考えるのが自然だ。

だから想像すらしてこなかった。

――欠点は、個性。

そんな自由な解釈が、この世界には存在するんだということを。

イマリさんは近くの座席に座ると、自分の隣を可愛《かわい》らしく手でぽんぽんとした。

「ほら。おいで、ハシビロ」

もう抗《あらが》えない。俺は誘われるがままに隣に腰を下ろした。

するとGタンと電車が揺れた拍子に「うー」とイマリさんが首を預けてきた。髪からいい香りと、かすかな汗の匂《にお》いが漂い、理性に波乱が訪れる。

「ちょ、大丈夫ですか」

「んー、さすがにちょい……眠いかも」

「小田急に乗り換えたらぐっすり寝てください。ていうか、最寄り駅はどこですか？」

「なぁ」とイマリさんが乱れた髪ごしに俺を見上げた。

「今日はもうここで一泊しよーや」

「……は？」

上目遣《うわめづか》いの瞳はトロンとしている。その目から、肌から、火傷《やけど》しそうなほどの熱が伝わってきて、俺の中の何かがドロドロに溶けていく心地がする。

「明日、朝イチで帰ったらええやろ。宿ならぎょうさんあったし、何とかなるやろ」

「いや、でも、ダメですよ」

「何があかんのー？」

「俺は子どもかもしれないですけど、男です。何かあったらどうするんですか」

「何かって？」

そこまで俺に言わせるのか。俺の顔はとっくにカンカンに熱くなっている。

「とにかくダメですって！　……男女がその……一緒の部屋に泊まるなんて！」

「え」

「え」

え、てなんだ、その反応。

「……部屋は別々に決まっとるやろ」

俺とイマリさんは互いにしばし目を瞬かせ、そして。

先に目を両手で覆《おお》ったのは、滝のように背に汗を流す俺だった。

あああああ!! なぜだ! なぜ俺はそんな当たり前の発想に至らなかったんだ!

「ふーーーん」

見なくてもわかる。イマリさんが超がつくくらいニンマリとしていることくらい。

「違うんです、今のは――」

このままでは俺の沽券《こけん》に関わりかねないと顔を上げた瞬間、ふわりと匂いが近づいた。

「えっち」

ほぼゼロ距離から届いたささえずり。

鼓膜に吹きかけられた生暖かい息が俺の脳を処理落ちさせ、体をフリーズさせる。

「もし一緒に泊まったら、うちら、どうなると思う?」

イマリさんの甘い関西弁が追い打ちをかけてくる。

「……そういうこと、他の男にも言って」

「ハシビロだけって言うたら、満足してくれる？」

処理落ちした脳をはじめ、体のあちこちが熱暴走でとろけ、今まで感じたことのないじゅくじゅくとしたものに変わり、熱せられた息が口から漏《も》れ出てくる。

「はよ答えて。うちら、どうなると思う？」

からかわれているのはわかっている。言い返したところで追撃が待っていることは明確だ。それでも冷静さを失い、熱暴走した頭から生み出された一言は、自分が必死に築いていた壁の一つを、あっさり踏みこえるものだった。

「――イマリさんは、どうなりたいと思っていますか？」

踏みこえた先にあるのは、まっ白な「無」だろうか。

それとも、まだまだ俺が知らない世界が続くのだろうか。

対するイマリさんの返事は…………寝息だった。

お前を信用してしまいますよと言わんばかりの、安心しきった寝顔だ。

「……俺も、寝落ちしたいわ」

ぷしゅー、と体中から熱が抜けていき、俺は座席に深く体を埋めた。

その数分後に電車はゆっくりと箱根湯本駅に入線し、やがて停車した。

ついに、来てしまったか。今からこの地で一泊することを考えると、心臓は爆発寸前だ。

「イマリさん、着きましたよ。イマリさん」

上ずった声で、座席から起き上がらないイマリさんの肩を何度も揺する。

「う、うう……」

苦しげに唸《うな》った後、イマリさんはゆっくりとまぶたを開き、

「橋広……くん？」


その瞳はさっきとは異なる色を宿していた。

ぽかんとする俺を押しのけて立ち上がると、イマリさんはホームへと降りたった。

「あれ？　ここって……」

キョロキョロと辺りを見まわしたのち、不安げに俺を見上げた彼女の様子に、俺は悟った。

ああ。この人は、「今里さん」だと。

彼女の今の口ぶり。酔っていた間のことは覚えていないのだろうか？

ロマンスカーに乗ったことも。銭洗弁天で果たし合いをしたことも。

そして――、今さっきイマリさんが寝落ちする直前まで交わした、言葉のやりとりも。

それとも単に、寝起きで記憶が混濁しているだけだろうか。

今の彼女に『今日はここで一泊するつもりなんですよね？』と言ったら、どんな顔をするだろうか。どんな顔をされるだろうか。

やがて今里さんが何か言葉を発しようとした瞬間、

「帰りましょう、今里さん」

俺は意識してそれを遮《さえぎ》った。

今里さんはそれでも何か言いたげにしていたが、やがて口を閉じ、こくりと頷《うなず》いた。


停車していた小田急の電車に乗った後は特に会話もなく、今里さんとは途中駅で別れた。

スマホで調べてもらった手順で京王線に乗り換え、電車の中で灘さんらに報告のＬＩＮＥを送ったが、その日のうちに電話をかけてきてくれたのは須崎《すさき》さんだけだった。

酔いつぶれた先輩たちを無事帰りの電車に乗せたという須崎さんの声は、やはりピンピンとしていた。いつもふらふらしているイメージだったが、案外タフな人なのかもしれない。

最寄りの布田《ふだ》駅に到着した頃には日付が変わる直前だった。

ようやくわが家で休めるというのに、足どりは重い。結局ここに帰ってくるまで、今里さんに酔った間の出来事を覚えているかどうか、尋ねられなかった。

もし、と思う。

もしあのままイマリさんが、今里さんに戻らなかったら。

俺たちはいったい、どこまで行っていたのだろう。

翌日は土曜日だったが、昨日のビルメンテナンスで発生した遅れを取り戻すため、午前中だけ出勤することになった。

灘さんも含め、飲み会に参加した社員たちは軒並みグロッキーな顔をしていたが、今里さんが普段通りにスーツ姿で出勤してきた姿を見て、そろって胸をなでおろしていた。

朝礼の後に今里さんと目が合ったが、目礼を交わした以外に、会話はない。

「昨日はお疲れー。よく箱根から帰ってこれたね」

席に着くなり、横から須崎さんにわしわしと頭を撫《な》でられた。

俺はその手をいつものようにぞんざいに払い、作業を進める。

「今からゲームでまた箱根に行きますけどね」

「やっぱりあの岩が降ってくるとこ、違和感あるー?」

以前報告したバグの修正確認がてら、例の箱根の山道にやってきたのだが、相変わらず理不尽に降り注《そそ》ぐ落石を避けられる気配がない。

俺は何度目かのトライを諦《あきら》め、コントローラーを置いた。画面上では放置された忠路がランダムに降る落石に次々と当たり、『ぐぅ』『があ!』と痛々しい悲鳴を上げている。

「この岩の出現の感じ、第六感を開花させないと避けられないよね?」

「そうですよ。こうもいきなり画面に現れたら、視覚じゃ反応でき——」

脳内に垂らしていた釣り針が、何かに引っ掛かった。

「視覚……」

記憶の海から釣り糸を手繰り寄せる。そんなに遠いことじゃない。つい昨日のことだ。

やがてゴゴゴ……と海面に現れたのは、タワービールをダブルで持ったドヤ顔のイマリさん……じゃねえ、絶対これじゃねえ。が、ヒントを口にしたのはまさにそのイマリさんだった。

『視覚に頼ったら絶対取れへんゲームなんや』

「そうか、音だ！」

「わ！」と驚く須崎さんにも構わず、俺は勢いよく立ち上がった。

「小津《おづ》さん！」

PCの向こうから、黒ひげ危機一髪のようにチーフの小津さんがポンッと飛びあがった。

「すみません、来てもらっていいですか！」

目をぱちくりさせながらやってきた小津さんに、俺は画面を指さした。

「箱根の山道、SEが――効果音が消えてるんです！」

「ど、どういうこと？」

「ここは落石の予兆として、岩が崩れるSEが直前に聞こえるはずで、プレイヤーはその音で判断して避ける仕様だったんです」

おどおどしていた小津さんだったが、説明を聞いているうちに目つきが真剣になり、「ちょっと待ってて」と旧バージョンが焼かれたソフト置き場へと向かった。

「これ、少し前のバージョンだから」

持ってきたソフトをPSO《ピーエスオー》に入れ、同じマップをやってみると――

「……うわ、ほんとだ。こっちは岩が降る直前にちゃんと『ガラガラ』て音がしてるよ」

「でも何で消えちゃったんですかぁ。新しいバージョンなのに」

須崎さんの疑問に、ひょこっと灘さんがグロッキーな顔を覗かせて答えた。

「……多分、箱根の関所に実装されていた、家屋の崩壊ギミックを削除した関係かもな」

箱根の関所で須崎さんが遭遇したAバグを報告した際、原因となった家屋崩壊のギミックが他の不具合を併発させる可能性があるとして、新バージョンでは削除されていた。

「ゲーム中の落下系のギミックを見直すなり再調整するなりした際に、何かの拍子でSEが再生されなくなったのかもな」

ま、本当の理由はわからんけど、と肩をすくめる。

「とにかく、これでバグとして出せるな。ハシビロ、バグ報告頼むわ」

早速バグ報告に取り掛かるべく、俺は席に着こうとする。

「橋広くん」と、後ろから小津さんの声がかかったのはその時だ。

「その……ありがとう」

「へ？　いや別に、誰かがいずれ気づいたことですよ」

「違うよ」と小津さんは首を振って、やんわりと言った。

「僕を頼ってくれて、ありがとう」

「……へぁ？」

突然礼を言われた俺は、何と言っていいかわからず、「そ、それだけだから」とそそくさと戻っていった小津さんの背を呆《ほう》けた顔で見送った。

「あーあ。せっかく仲良くなれるチャンスだったのにな」

灘さんが俺の肩に腕をかけ、ぐったりもたれかかってくる。

「……すみません、なんでお礼を言われたのか、わかんなくて」

「お前から小津に声をかけること、最近なかっただろ」

「それはだって……小津さんが俺のことを、避けていた……から」

どうせ怖がられるだけだから。

そういえば。そう諦めて以来、俺のほうから声をかけたことがあったろうか。

「箱根から戻ってから、お前ちょっと、あか抜けた顔してるもん。小津が『ありがとう』て言えたのはな、そのせいだよ」

そんなこと、ありえるのか？

こっちの雰囲気が変わっただけで、他人の態度も変えられるなんて。

「よかったな、憧《あこが》れの今里先輩と旅をしたおかげだな」

「お褒めにあずかり恐悦至極でゴザイマス」

「素直に喜べよ。『ありがとう』ってんだ、こっちは」

いつものようへラヘラと去っていった灘さんの態度に、やっぱり他人は他人だと思った。

「……なら素直に『ありがとう』って言ってくださいよ」

自分の態度次第で他人が変わってくれるなんて、期待できるものではない。

「ふーん、今里先輩と箱根でナニがあったのかな」

「須崎さん、変な詮索しないでくださいよ」

ヘラヘラ笑っている須崎さんだったが、ふと遠い目をして、

「……私も一緒にお散歩したいな」とボソッと言った。

「イマリさんとですか。修羅の道を歩むことになりますよ」

「……にぶちん」と、須崎さんはヘッドホンをつけてモニターに向き直った。

何なんだ、いったい。行き場の失った目を管理席に向けると、オンラインミーティングの準備を進めていた今里さんと目があったが、すぐに逸らされて出口へと向かっていった。

いつもの今里さんの、いつもの反応。

ただ、いつもと違ったのは。

今里さんが背中の後ろで、ほんの一瞬、俺に向けて小さくVサインを作ったことだ。

それにどういう意図を込めたのかは知らないけれど。

たまには壁を抜けてみるのも悪くないと、なんとなく思ったのだ。

第三章　高尾山の陣

IMARISAN HA TABI JYOUGO

「まぁ楽にしたまえ、橋広滉代《はしひろこうだい》くん」

会議室の中央に立つ俺《おれ》を、ぐるりと社員たちの目が取り囲んでいた。テーブルに肘をかけて着席しているのは、部長や課長、タイトルリーダーなどそうそうたる面々だ。

ごくり、と喉《のど》を鳴らす。このメンツに囲まれて楽にしろというほうが酷だろう。

「あの、僕にどういった御用で？」

「入社して一年と聞くが、なかなかの仕事ぶりというじゃないか」

真正面に座る、口周りに白いヒゲを蓄えた部長がダンディーな声で言った。

部長というよりオシャレな喫茶店のマスターみたいだ。

「あるタイトルで千個のバグを見つけだし、『千手観音』と呼ばれているとか」

「千個のバグを見つけたのは本当ですけど、多分『不動明王』の間違いだと思います」

自分で訂正していてバカらしくなってきた。

「あと、一人で千個もバグが出るゲームがやばかっただけです」

「謙遜しなくていい。わが社はそんな君を高く評価しているのだよ」

……ん？

この流れは、もしや？

「おめでとう。これまでの優秀な働きを見込んで……」

まさか、昇進……？

それとも一ステップ飛ばして夢の正社員……⁉

「君を……『イマカン』に任命する」

「はいッ――――え？」

聞き慣れない言葉に一瞬反応が遅れた。

「イマカン？」

「『品質管理』という部署がゲーム会社にあることは知っているかい？」

「ゲームをテストプレイして品質に問題ないかチェックする部署、でしたっけ」

「そう。略して『ヒンカン』という。日常アニメのタイトルみたいだろ？」

ダンディーな声と見た目の部長は、マスターではなくアニメマイスターだったらしい。

「ということは、イマカンって何かの略ですか」

「察しがいいな。さすがだよ」

「ついでに嫌な予感もしています」

「やはり君は察しがいいようだ」と部長が組んだ手の奥で不敵に笑い、

「君を正式に『今里《いまり》監査役』に任命する」

「即刻罷免でお願いします」

「今里マイがわが社に欠かせない存在だというのは理解しているね」

俺の願いを部長はダンディーに無視する。

「バグ発見の手際《てぎわ》はもちろん、商談・交渉、チームの運営と、その実力は随一だ。ていうかうちんとこにあそこまでできる人間いないから、ぶっちゃけ彼女が抜けると結構ヤバい」

もう、この前置きの時点でどんな役目を押しつけられるかわかるのが嫌だ。

「しかし、彼女は少々……いやかなり酒癖が悪くてね。『旅上戸《たびじょうご》』というんだったか。飲み会の翌日に台北《タイペイ》から連絡がきた時はこの世の終わりかと思ったよ」

早く、早くここから逃げたい。

「しかし君は初見にもかかわらず、先日の飲み会で見事に彼女を連れ帰ったと聞く」

「ああ……働きぶりって、そういう……」

「そこで君を彼女専属の補佐役に任命する。はは、学園モノによくある変な部活みたいだろ」

ダンディーな部長は、ラノベマイスターでもあったらしい。

辞めてぇ。

このわけわかんねぇ会社ごと。

「……ちなみにもし嫌だと言ったら？」

「カアアアアアアアァァァァァ！」

ダァンッと机に缶を叩《たた》きつけた音に振り返ると、そこには今里——いや、

「イ、イマリさん？」

べろんっべろんに酔っ払い、口についたビール泡をワイルドに拭うイマリさんがいた。

「なんや、うちと一緒におるのが嫌なんか」

「い、いや」

机を乗り越え、口角ビール泡を飛ばしながらぐいぐい俺に迫ってくる。

「うちのことが好きやったんとちゃうんか！」

「俺が好きなのは今里さんです！　イマリさんじゃありません！」

「なぁにを、わけワカメ意味トロロなこと言うてけつかる」

冷静で、沈着で、厳しく、時にゴミを見るような目で俺をさげすんでくれるのが今里さんだ。

破天荒でニチャニチャ笑う人なんか知らない！　わけワカメなんて絶対言わない！

「しゃあないなぁ」

イマリさんはどこからともなく一升瓶《いっしょうびん》をぬらりと取り出した。

ラベルには「純米大吟醸『イマリ米《マイ》』」と書かれている。

「聞き分けのない変態は、アルコール消毒の刑や」

「や、やめ……ちょ、離してください！」

社員に取り囲まれ羽交い締めにされた俺の口に、イマリさんが豪快に酒を突っ込む。

「イマリさ……ぐぼぼ！」

「次は一緒に、どこ行こか？」

味がしないお酒を流し込まれ、グルグルと世界と俺の意識が回転していき――


「ぐぼはッ？」

スマホのアラーム音で重い眠りから目が覚めた。

途端、蛍光灯の明かりが寝不足の瞳を焼いてくる。体が痛い。会社のロッカー室のソファで中途半端《ちゅうとはんぱ》に横になったせいだ。時刻を見ると三時。午後じゃなく午前の、だ。

「……なんだ夢か」

悪い出来事が夢だとわかった時の独特の安心感に満たされる。ほっとして寝返りをうったらテーブルに体をぶつけてしまい、その拍子に一枚の紙が顔に舞い落ちてきた。

『辞令　橋広滉代殿　○月○日をもって「今里監査役」に任命します』

真面目《まじめ》な書面に書かれたふざけきった文字列が、悪夢が現実のものだと示していた。

「夢じゃ、ないのかよ……」

開発中のオープンワールドアドベンチャーゲーム『東海道忠』は佳境を迎えていた。

江戸時代を舞台に、さらわれた町娘を取り戻すべく東海道五十三次の街道を突っ走ってきた主人公・忠路《ただみち》の旅もそろそろ終わりを迎える頃だが、そうは問屋が卸さない。

順調に思えた作業も、ここに来てまさかの大きな仕様変更とそれに伴うバグが続出していた。デバッグ作業を請け負うファーストホッパーの担当チームは、「どうしても年始のお年玉商戦に間に合わせたい」というメーカーの意向から、既に二十四時間三交代制によるフル稼働でのデバッグ作業へと突入していた。


窓のブラインドの向こうが朝日に染まりきった頃、ようやく退勤時刻がやってきた。日報と引き継ぎを共有フォルダに入れ、ＰＣ内のデータを全消去してから席を立った。

夜勤スタッフたちは、日勤でやってきたスタッフと気だるげに挨拶《あいさつ》を交わしている。

「では、委細ぬかりなく」

「承知つかまつった」

だめだ、みんな精神が武士に侵食されつつある。一日の大半を江戸時代が舞台のゲームで過ごしてきたせいか、言葉も所作もすっかりお江戸でござるだ。

一刻も早くデバッグを終わらせないとマゲを結う人間も現れかねないと思っていたら長髪の女子スタッフが「見てみて～。奴江戸兵衛《やっこえどべえ》～」とマゲを結って写楽をキメていた。それを見て「ガハハ、しゃらくせぇ!」『快なり、実に快なり!」と笑うスタッフたち。手遅れだった。

俺は管理席に座って作業をする今里さんに挨拶《あいさつ》する。

「お疲れさまでした」

「ん、お疲れさま」

今日はたまたま同じ夜勤シフトだった。ブルーライトカットの伊達眼鏡《だてめがね》をつけ、限りなく透明に近いブルーに染まった瞳は画面に注《そそ》がれ、こちらを一切《いっさい》向くことはない。

お手本のような塩対応だ。これだよこれ、たまらんでござるなぁ。デュフフ。

運動後に飲むスポーツドリンクがやたら甘くおいしく感じるように、与えられた塩分が疲れた体に染みわたり、俺は多幸感に包まれながら部屋を出た。

あれこそが今里マイだ。飲んだくれで無計画に放浪し、ニチャニチャ笑う人間など俺は今里さんとは絶対に認めないし、箱根の件は一夜の幻だったとさえ思うこともある。

「けど、現実なんだよなぁ」

ロッカー室で鞄《かばん》を取り出し、中に突っ込んでいた辞令を手にした。

今里監査役。通称イマカン。こんなふざけた役職があるということは、「イマリさん」は間違いなくこの世に存在するということだ。

今里さんとは結局あの箱根の一件以来、ロクに言葉を交わせていない。

ここしばらく慣れない三交代制に体を順応させるのと、目の前の仕事をこなすのに精いっぱいだったこともある。実際夜勤後のまぶたはいつもの倍は重い。眠い。早く帰りたい。

「よ、イマカンどの」

が、そうは問屋が卸さない。まじかよ、そろそろ問屋も定休日だろ。過労死するぞ。

げんなりする俺の肩に、出勤してきた灘《なだ》さんの手がポンと置かれていた。

一番しんどい時に一番しんどい人を卸してきた問屋を労基に訴えようかと悩む俺に、灘さんが向けてくるチャラついた金髪と笑顔が心底眩《まぶ》しくてうざい。

「うぉ、さすが夜勤明けだな。目つきが悪いぞ」

イマカンという、ふざけた役職を上層部に提案した張本人が他人事《ひとごと》のように言った。

「多分、親の仇《かたき》を見つけたような気持ちだからだと思います」

「おいおい、恨まれる覚えはないぞ。お前も時給アップにつられて引き受けたくせに」

「ぐぅ」

「ほーん、いいぐぅの音《ね》だ」

雇用形態こそ変わらなかったものの、時給アップは少額でも魅力的な条件だったのだ。

「今里と一緒にいられるように取り計らってやったんだ。もっと嬉《うれ》しそうな顔したらどうだ」

「楽しくもないのに笑えませんよ。よくこんなアホな提案通りましたね」

「ま、今里の見張りなんて方便さ。『脱獄王』と『不動明王』。仕事はできるが人間的に社内で敬遠されている二人を、会社もできるだけまとめて置いておきたいってわけさ」

「よくそんな裏事情を本人に直接言えますね」

「別に陰口なんて聞き慣れただろ」

「失敬な。俺の心は杏仁《あんにん》豆腐のように柔らかいんです」

「割と歯ごたえあって尖《とが》ってるじゃねぇか」

「灘さんが言ってるのは寒天タイプです。俺はもっとプリン状のどろどろの……」

「やめろ、中華が食べたくなってくる。朝飯食ってきてないんだぞこっちは」

「自分の不摂生よりもチーム内の若者の深刻な武士化を懸念してくださいよ」

この前ヘルプに来た別チームの先輩が『武家屋敷みたい』て涙目になってたぞ。

「あ、そうだ。一応言っとくが……、この前の今里の狼藉《ろうぜき》は社外秘で頼む」

「酔って四秒ですぐ変態になる人がいると外に知れたら、契約解除もありえますからね」

事実、飲み会の時のイマリさんは守秘義務的にほぼアウトだったし。灘さんたちができるだけ社内にも今里さんの最終形態を伏せようとしていたのも納得だ。

灘さんはロッカーに荷物をしまってから、また気安く俺の肩を叩いた。

「ほーん、とにかくお膳立てしてやったんだ。今里とうまくやれよ」

ロッカー室から出ていく背中に「うぜぇ」と無音で言葉を投げつけた。

帰り支度を整えた俺は、廊下でエレベーターを待っていた。1、2、と上がってくるエレベーターの階数表示を見ながらため息をつく。

夜勤あがりのせいか、通常勤務よりも腹が減った。家に帰ったら何を食べようか。ブラジル産の鶏もも肉が冷凍庫にまだあるが、疲れた胃に白米という気分でもない。

こういう時は麺類がいい。

ラーメン、うどん？　いや、

「……そば」

「そばが食べたいの？」

一瞬、空腹による幻聴かと思った。だが振り返ると、確かにそこに彼女はいた。

「今里さんっ？」

「橋広くん、今から時間ある？」

到着したエレベーターが、チン、と返事をした。


今里さんと肩を並べて歩けるなんて、俺はいったい前世でどんな徳を積んだんだ。

メーカーとの打ち合わせは深夜にないせいか、眼鏡を外した今里さんはいつものスーツスタイルではなく、ダッフルコートを羽織ったカジュアルな私服姿だ。ナチュラルショートの茶髪をビル風になびかせながら、スニーカーを履《は》いた足で颯爽《さっそう》と歩いている。

俺は彼女の半歩後ろを歩いているが、これは決してうなじを堪能するためだとか、百貨店のような香りを味わうためとかではなく、歩調を合わせるという紳士的行為によるものだ。

それにしても、オフィスレディとショートカットってなんでこんなにぴったりなんだろうな。

世の中の男性諸君はやれ「女性の魅力といえば胸だ、黒髪ロングだ」などと語るが俺にははなはだ理解できない。これは個人的な見解だが女性の一番美しい部分は「首筋から臀部《でんぶ》にかけてのライン」だと思っている。あの一流の陶芸品のようなうなじや溶接跡のない高級スポーツカーのように滑らかで無駄のない凹凸がある背中とそれらを横から見た時の完璧《かんぺき》なS字のラインは万物を創造した神様にとっても最高傑作だったに違いない。天国に行ったらぜひとも語らいたいものだしその究極かつ至高のマスターピースを容赦なく覆《おお》い隠してしまった長髪の流行はきっと神様にとって解釈違いであり想定外であったことは想像に難くなく日本神話でいえば太陽神が天岩戸《あまのいわと》にお隠れになったレベルの絶望感を味わったであろうことも容易にお察しできる。ゆえに人間が真に悔い改めなければいけない罪とはバベルの塔を天に向かって伸ばしたことではなく髪を地に向かって伸ばしたことなのだ。しかし環境への配慮が叫ばれる昨今では徐々にショートカットの評価が高まりつつあり長髪の場合と比べシャンプーやリンスおよびシャワーの量を抑えられるほかドライヤーの使用時間が減り電気も節約できるという専門家の研究結果もある。時短や省エネが求められる時代のニーズに応《こた》えられるショートカットは二十一世紀にふさわしいエコでSDGsな髪型でありそれを選択した今里さんの慧眼《けいがん》もかくやであり社会の趨勢《すうせい》を的確に見極められる合理的発想と柔軟性と環境意識は身だしなみから既に表れているしここまでショートヘアの魅力と実用性と有用性と先見性を長々説いてきたがつまりは何が言いたいかというと隣を歩く今里さんの短髪とコートの間から見えるうなじの色気がたまんねぇん

「この前は本当にごめん」

今里さんの声に、一フレーム以下という速度で俺はうなじから目を離した。

「……何がです？」

今里さんは前を見据える瞳を、わずかに細めた。

「私、この前の箱根で、橋広くんに迷惑をかけちゃったみたいで」

「迷惑をかけられたなんて思ってませんよ」

災難がふりかかっただけです。ニチャニチャ笑うイマなんとかさんという厄災が。

ドコモタワーの前を通り過ぎ、先日件《くだん》の飲み会があった店の前も通り過ぎる際、今里さんは騒動の発端となった店を苦々しげに一瞥《いちべつ》していた。

「そこでね、お詫《わ》びに今日は何かご飯をごちそうさせてほしいの」

賑《にぎ》やかな新宿駅南口にやってきていたが、その言葉で喧騒《けんそう》が一気に遠のいていった。

ご飯。

ごはん。

ゴハン……？

それはいわゆる、デートってやつじゃないのか。

甘美で艶《なま》めかしい響きを持つ言葉に反応した頭が、即席の妄想を作り上げ、脳内のルームシアターでの完成披露試写会に俺を招待する。

――六本木辺りの高層ビル。夜景をはるか眼下に望めるテーブルに着き、ピアノの生演奏を聴きながらオロカルが入ったグラスを、チン。その後に運ばれてくる慣れぬフレンチの数々に苦戦する俺に、彼女はナプキンで口元を拭いながらこう言うのだ。

『この程度のテーブルマナーも知らないなんて。自分の未熟な腕でもかじってなさい』

――完璧だ。

試写会が終わり、脳内がスタンディングオベーションに包まれた。

「金獅子賞はいただきですね」

「食べ物をごちそうするって言ったんだけど」

やはり夜勤明けはダメだ。さっきから脳がおかしな回り方をしている。

「でもごはんをごちそうになるって、悪いですよ」

「借りを作ったままなのが嫌なだけ。どこの店がいいか言って」

困ったな。いきなり言われても。

「さっきそばが食べたいって呟《つぶや》いてなかった？」

そば、か。実は気になる店があることにはある。

食費を毎月一万円程度に切り詰める生活を送っている俺だが、たまには贅沢《ぜいたく》な一品を食べたくなる時があって、給料日になるたびに通っている店があるのだ。

ただその店は家の近所だし。さすがにそこに今里さんを連れて行くのもなー。

「あ、今里さん。それならあそこの『筑波そば』でいいですか」

「チェーン店じゃん。おいしいの？」

「今日木曜日でしょ。あそこ木曜日に行くと大盛が無料なんです」

「…………………」


いつもの京王線の電車の中で目が覚めた。

「……夢、か」

良い出来事が夢だとわかった時の、この独特の絶望感は毎度うつになりそうだ。

「いい夢を見た」と喜ぶ奴《やつ》の気が知れない。夢が理想的であればあるほど、起きて現実を知った時の絶望はすさまじいものだ。上げて落とされるなんて、もはや悪夢ではないか。

そう、だから俺が今見ていたのも悪夢なのだ。

この俺があの今里さんと、ご飯を食べにいくだなんて。

それにしてもさっきからこの枕《まくら》、いやにいい匂《にお》いがして瑞々《みずみず》しい弾力があるような――

「起きた？」

頭上で今里さんの声がした。顔の右半分を埋めてしまっていたのは、彼女の二の腕だった。

すぐに何にもたれかかっているのかを確信した俺は、スゥーーっと体を起こした。

「…………ほんとスミマセン」

「疲れてるんでしょ。肩ぐらい貸すから」

電車で並んで座る今里さんは、スミッチで粛々とハリマオカートをプレイしていた。好きな人の肩にもたれかかっていたという事実と、いつ「邪魔だったんだけど。存在そのものが」と罵声を飛ばしてもらえるかというダブルのドキドキでこっちはいっぱいだというのに、さすがは今里さん。至って平常運転でハリマオカートをプレイしている。

画面に注がれた目はいつも以上に揺るぎなく、いつも以上にバグなんて何もなさそうな壁に向かってキャラをゴッゴッぶつけていた。

それにしても、どうしてこうなったのだ。

会社を出た後の新宿で、「本当はどこのお店に行きたいの」と問い詰められた俺は、自宅近くにある店の名前を吐露すると、じゃあそこに行こうという話になったのである。

平日の昼前の京王線の乗客はまばらで、車窓に広がる青空がいつもより広々と感じる。

視線が車内に戻った俺の目が、一枚の広告に留まった。

『初詣は高尾山へ！』

でかでかと書かれたキャッチコピーとともに、高尾山とやらの展望台と思《おぼ》しき場所から撮影した、夕景のダイヤモンド富士を写した広告だった。

「うぷ」と目まいがして顔を逸《そ》らすと、今里さんがスミッチをスリープモードにした。

「どうしたの？」

「いや、富士山に拒絶反応が起きまして……」

「……ああ」

責任者である今里さんはその一言ですべてを悟ってくれたようだった。

「大変なタスクをおまかせしちゃってるもんね」

今回作業が二十四時間三交代に移行した原因に、大幅な仕様変更があげられた。

その一つが、富士山のグラフィック変更である。

『ゲーム中のこの季節って、富士山にこんなに雪あるの？』

と、テストプレイをしていたプロデューサーが指摘したことが発端だったらしく、検討の末、「富士山の雪を少し減らす」という変更が行われたのだ。

俺が今まかされているのは、富士山のグラフィック変更によって予期せぬところで不具合が生じていないかのチェックだった。

以来、来る日も来る日も目にするのは富士山富士山富士山……。

富士山の見過ぎで時々富士山が分身し、現実でも新宿駅の背後に幻影が見えたくらいだ。このままでは来年の初夢すら「一富士、二鷹、三富士山」になりかねない。茄子を返してくれ。

「最近はマウスポインタも富士山に見える時があるんですよ」

「重傷だね。明日は休みだからゆっくりしなさい」

と今里さんが労《いた》わってくれたところで電車は地下に潜り、布田《ふだ》駅に着いた。

　地下ホームに降りると車両扉とホームドアが閉まり、電車が発車していった。直後、ビュオオーというけたたましい音が響き、今里さんが「ひゃ」と身をすくませた。

「びっくりしますよね。気圧か何かの影響で電車が来るたびにこんな音がするんです」

「そ、そう」

　珍しい今里さんの反応に、ふっと心が緩んだ俺は、

「ここ、ＳＦ映画のセットの中みたいでしょ」

　ついそう言ってしまっていた。理解してもらえるか不安になったが、それを聞いた今里さんは、わずかにはにかんだような顔を見せた。

「わかるかも」

　地球という未知の惑星で、初めて同じ言語が通じる相手と出会った心地がした。

　目的の店は自宅がある北の方角なので、いつもの通勤路を並んで二人で歩く。

　平凡な形のマンションや、チェーン系列のホテルや、コンビニや、学校などが立ち並ぶだけの、本当に何の変哲もない見慣れた近郊の街のいつもの道なのに。

「橋広くんは、ここからいつも会社に来てるんだね」

　今里さんと肩を並べて歩くだけで、いつもより街の色彩が鮮やかに見え、俺の歩みは浮き足だったものになっていた。

自宅からさらに北に進み、深大寺《じんだいじ》というお寺の近くまでやってきた。

深大寺は関東最古の仏像が保存されていることで有名らしく、お寺と参道一帯は有名な観光地となっているが、今回の目的はお寺ではなく、近くにあるそば屋だった。

「いらっしゃいませー」

中は、いかにもそば屋という木の机と椅子《いす》が並ぶ和の装い。ガラス障子の外には番傘をつけた床几《しょうぎ》と机が並んでいて、江戸時代の街道にあったお茶屋みたいな店構えだ。

さすがに外は寒いので、池に鯉《こい》が泳ぐプチ庭園が窓から見える座敷に座った。

俺が「深大寺そば」の大盛りを、今里さんが天ざるをそれぞれ注文し終えた後、彼女はコートを脱ぎ、Yシャツにカーディガンを重ねた姿になった。

番傘や床几を覆う外の木々がざぁと揺らめき、店には緑色の木漏《こも》れ日《び》が差している。

「いいお店だね」

「引っ越してきたばかりの頃、スーパーを開拓している途中で見つけたんです」

「お店開拓が趣味、てわけでもないんだ」

「俺、休みの日はずっと家で本ばっかり読んでるんですよ?」

外食や遠出が頻繁にできるほど金に余裕がなく、本も図書館で借りた小説ばかり。エネルギーの無駄遣いをしたくないので、近場であっても散策などはほとんどしない。

「だから家とは反対方向の、布田駅から南は一歩も行ったことがないんです」

「わかるなぁ」と今里さんは頷《うなず》いた。

「私も普段家にこもってゲームばかりだから」

「……意外ですね」

「私にどんなイメージを抱いてるの？」

「休日はスタバのテラスで、フラなんちゃらペチーノを飲んでる、とか」

「なにそれ、ギャング映画に出てくるマフィアみたい」

頼んだことないよ、と今里さんはわずかに口元を緩めた。

「せいぜい、マクドでスマホゲーいじるくらい、かな」

「本当にゲームが好きなんですね」

「うん……好き、なのかな？」

「あんなにやりこんでおいて、なんで疑問形なんです。会社の休憩室のソフトで今里さんが出したハイスコアやコースレコード、どれもプロレベルの記録じゃないですか」

今里さんは「プロ、ね」と呟いたきり、あとは何も言わずに外を眺めていた。無言の時間が続き、気まずく感じ始めた頃に、注文していたざるそば（大盛り）が運ばれてきた。

「え、それ全部食べるの？」

「すごいでしょ？」

俺の目の前には、シルクハットのごとく盛られたざるそばが置かれていた。

「これを給料日後に食べるのが、月一の楽しみなんです」

今里さんの前にも天ざるが運ばれてきて、まずはお互いに深大寺そばをすすった。

「おいしい……」

口元を押さえた今里さんの目がぱぁと輝いた。

「おそばなのに麺が平たいんだね。うどんみたいなのに、しっかりおそばの喉ごしもある」

「でしょ」

ただ大盛りのそばを食いたいのならスーパーで数十円のそばを買えばいい。

だけど俺がこの店を気に入っているのは、千円ちょいという価格でありながら、びっくりするぐらいのボリュームでうまいそばを味わえること。この一点に尽きるのだ。

「橋広くんは江戸っ子じゃないのにおそばが好きなんだ」

「好きというより、思い出があるせいかもしれません」

「思い出？」

「昔、家族と旅行したんです。ちっちゃい頃だったんでどこに行ったか忘れましたが、お昼ご飯に食べたそばがめちゃくちゃおいしかったのだけは覚えていて」

「ふぅん」

「かつおがガツンときいた出汁《だし》が最高にうまかったなぁ。……俺が東京に来ようと思ったのも、本場ならあの味に近いそばが見つかると思ったから、かも」

「そか、橋広くんも上京組だったもんね。私、初めて東京来た時は、地下鉄の路線図を見て目が回りそうになったなー」

「路線図を初めて見た時は人間の毛細血管かと思いましたよ」

「そう考えると、東京の路線網は人間の脇《わき》だね」

「…………脇？」

「え？　ほら毛細血管がいっぱい詰まってるとこだから……いやごめん、忘れて」

パタパタと顔を手で仰《あお》ぐ今里さん。意味はよくわからないが、可愛《かわい》いからよしとしよう。

その後、しばしの間無言でそばをすすりあう俺たちだったが……いつもはスイスイと進む箸が重くなり、やがて止まってしまった。

「どうしたの、お腹《なか》いっぱい？」

「いや、山盛りのそばがその…………富士山に思えて」

「……ホント重傷だね」

ぐおお、胸やけがすげぇ。脳裏に無数の富士山の残像がちらつく。

「ふ、ふふ。来月もこのそば、好きでいられるかなぁ」

冗談交じりに遠い目をした俺を、今里さんは真剣な顔で見つめていた。

「今里さん？」

「あ、いや、何でもない。無理して完食しなくていいんだよ」

「それは生産者にもお店の人にも失礼というもんです。……いざ」

ぐちゃぐちゃと山を崩して富士のイメージを消し、残りを一気にかきこんだ。

「ごちそうさまでした。今月もおいしかったー」

お腹をぽんぽんと叩いていた俺は、「あ」と声を上げた。

今里さんが、残ったそばつゆを飲み干していたのだ。

「何、意地汚かった？」

「い、いや、そうじゃなくてですね」

「お待たせしましたー、そば湯です」

土瓶《どびん》に入ったそば湯が運ばれてきたのを見て、今里さんの顔に疑問符が浮かぶ。

「そば湯……？」

「これ、そばをゆでた後の汁なんです。残ったつゆと混ぜて飲むもんなんですけど……」

今里さんは数秒の間を置いたのち、ポンッ！　と顔を赤らめた。

「………世間知らずだと思った？」

「い、いえ、決してそんなことは」

「この程度のマナーも知らない人間は、未熟な腕でもかじってろって言いたいの？」

「だから何も言ってないですって！」

「こういう本格的なおそば屋さんに入ったのは初めてなの……悪い？」

赤らめた顔で頬杖《ほおづえ》をつき、上目遣《うわめづか》いにこっちを睨《にら》む今里さんに、ドキリとしてしまう。

……しっかりしていると思っていたけど、今里さんって、意外と――

「すみませーん、あんみつ追加でお願いします。取り皿もついでに一枚」

「い、今里さん？」

やがてすぐに季節のフルーツが盛られたあんみつが運ばれてきた。

「これ口止め料ね。半分こしましょ」

正直、二人で分け合って食べたフルーツやあんこの甘さなんて、微塵も覚えていない。

ただプチ庭園を眺めながら二人で静かな時間を過ごせたことと、少し得意気に口角を上げていた今里さんの顔が、いつまでも、本当にいつまでも脳裏に焼き付いていた。

「ごちそうさま。ありがとう、素敵なお店を教えてくれて」

「い、いいえ、こちらこそ、ありがとうございました」

食後のお茶をゆっくりすする。ああ、こうしていると熟年夫婦みたいだ、なんて思っているうちに、俺は今里さんが妙にそわそわしだしたことに気づいた。

体は落ち着きを失いながらも、見開かれた目は一点に注がれている。その視線の先を慎重に辿《たど》ると――水着の姉ちゃんが笑顔でビールジョッキを掲げるポスターが貼《は》られていた。

「……今里さん？」

「わかってる！　でも、でも、お酒が目に入っちゃうと、どうしても疼《うず》いてしまうの！」

眉間に強烈に皺《しわ》をよせ、ギリッと歯を食いしばる今里さん。歯茎から血が出そうだ。

「よくそれでこの前は飲み会に来ようと思いましたね」

「ぐぅ」

さすがは今里さん。ぐぅの音《ね》も教材に採用されるレベルのお手本のような響きだ。

途端、ギロリと睨まれた。な、なんだ、やるのか、興奮するぞコラ。

「私の今までのお酒の失敗談、どうせ灘さん辺りから聞いてるでしょ？」

「ああ、気づいたら台北にいた、て話ですよね」

「パスポートを更新した帰りだったのが運の尽きだった」

「犯罪がバレた密輸業者みたいなこと言わんでください」

「気づいたら屋台が並ぶ夜市のど真ん中に立ってた。国境を越えたのは新記録」

「てっきり営業に行ったと聞いていました」

「それは本当。失態を犯したまま帰るのは悔しかったから、ポケットマネーで通訳雇って、台北のインディーズのゲーム会社に片っ端から営業かけてやった」

まじか、すげぇな。あらためてこの人は規格外に優秀なんだと思い知らされる。

「そりゃ会社だって『今里監査役』なんて作るわけだ……」

ジトリとまた睨んでくれた。今日は食後のデザートがいやに多いな。

「そんなけったいな役職ができたのが、私の経歴の最大の汚点」

「そもそも何で酔ったらどこか行っちゃうんです。俺と一緒で出無精のはずなんでしょ」

「……この仕事を始めた頃」と今里さんが頬杖をついた。

「慣れないお酒を飲んだ帰りに、いつもの路線とは全然違う電車に乗っちゃったの」

それから今里さんが語ったのは、夢か現《うつつ》か何とも奇妙な体験記。

見慣れぬ駅に降り立つなりそこで待っていたのは、でっかいガス灯に車輪がついたかと見紛《みまご》うメルヘンでファンシーな見た目の電車。乗ってみるとあら大変、いきなり道路のど真ん中を走り出したかと思ったら次の瞬間車窓に広がっていたのは大きな海だ。

次々と窓に映る景色も奇想天外、支離滅裂で摩訶《まか》不思議。ビルほどの高さのロウソクが刺さっている島が見えたと思ったら神社の境内をビュンと通り過ぎ、気づくと十メートルはあろうお相撲さんがあぐらをかいて待ち構え、「元の世界に帰りたくばまわしを取れぃ」と言うもんだから、「えいっ」と取ろうとした拍子にまわしの中に入ってしまうとそこはほんのり暖かく、母に抱かれた赤子のようについつい眠ってしまったという。

「——で、警備員に叩き起こされたらアラびっくり、そこは鎌倉大仏の中だったってわけ」

「へぇ、何とも不思議な話——大仏？」

「鎌倉大仏」

ふざけたことをぬかす今里さんは至極まじめだ。鎌倉大仏の公式サイトを開いたスマホ画面を見せてもらうと、「鎌倉大仏胎内拝観」と書かれていた。え、噓《うそ》。あの中入れんの？

「胎内拝観料五十円？　やっす。これなら今度俺も……て、なんでやねん」

両手でダーンと机を叩いた。

「ワクワクして聞いてたら、ただの酔っ払いプレゼンツの鎌倉観光レポじゃないですか」

「でも、私は知らなかったんだ」

拝むように合わせた指に口をあて、今里さんは少し抑揚のついた声で言った。

「鎌倉ではメルヘンな見た目の電車が道路を走っていることも、江ノ島にロウソクみたいなタワーが建っていることも、教科書で何度も見た大仏の中に入れることも。私にとっては未知で……異世界で。そんな場所に一時間で行けるなんて、私はちっとも知らなかったんだ」

それが初めての一人旅だった、と今里さんは言ってから――

フフ、とその時初めて、微笑《ほほえ》みらしい微笑みを、俺に見せた。

「それから現実でも、知らない世界を知ってみたくなったんだ」

ね？　と同意を求めるように小首を傾《かし》げたら、ショートの毛先がさらりと揺れた。その口元は少年みたく得意げで、上目遣いに俺を見る瞳は少女のようにきらめいていて。

今里さんにはずっとののしってほしいけれど。今、この瞬間だけ、確かに俺は、彼女の微笑みをいつまでも見つめていたいと思ってしまった。

「あと、これも初めて知ったんだけど」

「え……」

「鎌倉ビール、めっちゃおいしかった」

「知らんがな」

再びビールのポスターに目をやった今里さんは「ぐぅ！」とうめいた。

「ほらー、ビールの話なんてするからー」

「……く、だ、だめ。今宵《こよい》の肝臓もアルコールに飢えておる……！」

「今はお昼時ですけどね」

「知ってる。幕末あたりの偉い人のセリフをアレンジしただけ」

「知ってる。新選組局長ですよね。セリフは後世の創作らしいですけど」

歴史の偉人を勝手にアル中扱いしたことよりも、俺は深刻な武士化の波が今里さんにまで及んでいることが心配だった。このままだと近場の酒屋を片っ端から御用改めしかねない気配だったので、ひとまず店を出て、気晴らしに深大寺や参道を散策することにした。

豊かな木々の下、参道沿いにはきれいな小川が流れ、深大寺そばの店や土産屋がずらりと軒を連ねている。ここが東京かと疑うほど、穏やかな時間が流れていた。

何度も近くまで来ていたのに、こうして参道を歩くのは初めてだ。

「昔ながらの建物ばかりで、宿場町でも歩いているみたいですね」

「ほんとだね」

並んで歩く今里さんも無表情ながらその目は爛々《らんらん》と周囲に注がれていて、心なしか小さな肩もテンポよく弾んでいる。

「今里さん」

「んー?」

「さっきの鎌倉の話がきっかけで旅に興味をもったなら、休日にふらりと出かけたりとかしないんですすか。ほら、一人で宅飲みした時とか」

疑問を口にしてゾッとした。イマリさんを家で一人で飲ますなんて、ミサイルの発射スイッチを防犯ベル感覚で小学生に持たせるレベルの事案じゃないか。

「一人でいる時は、不思議と飲む気はしないの。それに自分から遠出しようとも思わないし。休日も限られてるしさ」

「年休使ったらいいじゃないですか」

「この仕事、年中忙しいでしょ。みんなが頑張って仕事してる中、遊びにいくのも悪いし。今までふらふら生きてきたから、まじめに仕事して両親を安心させてあげたいし」

「ふらふらって……今里さんが?」

「それに」と言葉を区切って、

「やりたいことに突っ走ってみても……誰《だれ》もついてこなくなるだけだから」

陰りがさした横顔に、先日二人でロマンスカーに乗った時のイマリさんの姿が重なった。

『ウチは、どこまで行っていいんかな、て』

そういえば、今里さんが今の会社に来る前の経歴を、俺はまったく知らない。

「見て、『そばまんじゅう』だって。さすが深大寺そばの里」

彼女は店頭で湯気をあげるまんじゅうを指さした。相変わらず淡々とした表情だが、その口ぶりは柔らかい。その様子を眺めていると、自然と俺の肩から力が抜けていった。

まぁ、別に無理して過去について聞かなくてもいいか。

今はこの、一足早く訪れた春のような時間を精一杯《せいいっぱい》楽しもう。

信じられないけど、俺はあの今里さんとプライベートを過ごしている。

『東海道忠』に出てくる街道の中を歩いているような心地を、俺たちは口に出さずとも共有していることがわかったし、二人だけが知っている秘密の時間も嬉《うれ》しく感じた。

ああ……幸せだなぁ。ずっとこの時間が続けばいいのに。

「今里さん、あっちが本堂らしいですよ」

「ほんま？　楽しみやなぁ！」

……ん？

山門の方を指さしたまま、俺はぴしりと固まった。

ほんま？

理想の時間が終わりを告げたことを、脳がすぐに理解しようとしない。

それでも隣に現れたであろう現実を受け入れようと、グ、ギ、ギ……と抵抗する頭を無理やり横に向けていくと、

「カアアアアアアアアァァァァァァ！」

ビール瓶《びん》を片手に真《ま》っ赤《か》な顔で唸《うな》る今里さん——いや、イマリさん、がいた。

「この深大寺ビール、うまいなぁ。あっさりしつつもコクを感じる地ビールやでぇ！」

嘘だ。目を離したのはほんの数秒だったはずだ。その間に近くにあった土産屋の冷蔵庫からビール瓶を引き抜き、会計を済ませ、開栓した……だと？

驚愕《きょうがく》する俺の目の前で、イマリさんは一瞬でぼさぼさになったナチュラルショートの茶髪を振り乱しながら、「ぱはー！」と既に二本目を開けていた。

緊急イマリ速報が脳内に鳴り響く。確か、今里さんは明日出勤じゃなかったか？

台北、そして「旅上戸」という言葉がよぎった俺は、

「イマリさん、帰りましょう」

「んあ？」

強引《ごういん》にイマリさんの両肩を掴《つか》み、回れ右させた。

「ちょちょちょちょ。お寺見にいくんやろッ？」

「どうせ今見たって、神社とお寺の区別もつかんでしょ！」

俺が腕を引っ張って歩きだすと、イマリさんは男ウケしそうな柔らかい笑顔で言った。

「嬉《うれ》しい。うちのことわかっとるなぁ」

くそ、俺が一番嫌いな顔しやがって……！

どうにか近くのバス停からイマリさんをバスに押し込むと、一路布田駅へと向かった。

「イマリさん、歩けますか？　ていうか家どこですか？」

布田駅に着き、ホームへと降りても、イマリさんは「うーん」と唸《うな》るだけで一向に住所を吐こうとしない。その間に、ゴオオオ、と電車が入線してきた。

ホームドアが開き乗客がまばらに降車する。「んー？」と電車に目をやったイマリさんは、

「あ、富士さーん！」

何を思ったか、車内へと乗りこんでいった。

「ちょちょちょッ？」

慌ててついていくと、乗りこんだ瞬間にドアが閉まり、無情にも電車は発車していった。

「……もう、ホント何してんですか」

俺の嘆きを意に介する風もなく、「あれ！」とイマリさんは一枚の広告を指さした。

ドアの上部、そこには『初詣は高尾山で！』というフレーズとともに富士山の写真を載せた広告が貼られていた。

「高尾山に行ったら富士山見られるんやって、見にいこうや！」

「あの……今までの俺の反応、覚えてます？」

デバッグで嫌というほど富士山を見て、好きなそばですら箸が進まなくなったほどのトラウマを植えつけられた俺に、このうえ富士山を見せるだと？

「ショック療法やショック療法〜。苦手なもんはな、あえて挑戦して得意にするんや」

「……自分が富士山見たいだけじゃないんですか？」

「ちゃうちゃう」

「ごまかすな」

デコピンをかますと、「へあ」と可愛《かわい》らしい声を上げた。

「だいたい、高尾山てどこにあるんですか。わかってると思いますけど、俺は貧乏なんです。東京から出る予算なんて――」

『この電車は高尾山口行き、普通電車です。次は調布、調布です』

俺のせめてもの抵抗を、無残にも電車のアナウンスが無効化した。

「ほらぁ、このまま高尾山行けるやろ？」

バレたか。普段乗っている電車の終点だから名前くらいは知っていた。だが正確な場所は未だに知らないし遠そうでもあるので、知らぬ存ぜぬで通して諦めさせるつもりだったのに。

「な、ハシビロに富士山を見せられたら、うちはおとなしく帰るから、な？」

おねがーい、と目をキラキラして拝むイマリさん。可愛《かわい》いと思ってやっているのかもしれないが、俺は自分のことを可愛いと思っているタイプの女は嫌いなのだ。

だがこの「旅上戸」を野放しにすると面倒なことになるのはわかっている。放置すると日本最高峰を見にいくどころか、朝《あした》には出国、夕べにはネパールかもしれないのだ。

なんでネパールかだって？

世界最高峰が見られるからだよ。

「――わかりました、ただし今日中には家に送り届けますからね」

俺が諦《あきら》めると、イマリさんは「うわあい」と子どもみたいに喜んだ。

……絶対に可愛いと思ってやんねぇからな。

調布から五十分で終点の高尾山口駅に着いた。

新宿からおそらく一時間くらいという場所なのに、周りは緑と山に囲まれている。

山小屋風の駅舎は周囲の風景に馴染んでいて、そこから表参道を進んでいくと、土産屋などが軒を連ねていた。その様相は、山のふもとの宿場町といった感じか。

ここと あの新宿のコンクリートジャングルとが、電車一本で通じているとは信じられない。いつも行き先表示でしか見たことがなく、大して気にも留めていなかった場所。

「終点って、こんな所だったんだな……」

「ふぉんまになぁ」とイマリさん。

「何食ってんすか」

「高尾まんじゅう。そこで売ってた」

ムシャクシャしたので、もう片方の手に握られていたまんじゅうを奪ってムシャムシャしてやった。「あー！」と悲鳴を上げられたが、特に反省はしていない。

白いこしあんのまんじゅうは蒸したてで、ほわりと甘く、少しイマリさんの香りもした。

観光案内所でもらったパンフレットによると、高尾山への山頂へはケーブルカーがあるみたいだ。ケーブルカー乗り場へと続いていく坂道は石畳が敷かれていて、沿道の紅葉が鮮やかに色づいていた。

イマリさんが石畳の上でステップを踏み、ターンをきめる。

ナチュラルショートの茶髪がふわりと舞いあがる。紅葉をバックに、栗が浮いているような秋っぽい髪のシルエットに、俺はつい気を緩めてしまう。

「あ。まーた、おもろい顔しとる」

目ざとく指摘され、俺はぎゅっと顔を引き締めた。

「前も思ったんですけど、『おもろい顔』て、どんな顔してるんですか」

「ふぬけ面〜」と栗が喋《しゃべ》った。

ムカつく。よほどのマヌケ面らしい。

「うちは好きやけどな」

「ふぇッ？」

「いじりがいがあって。……ちょ、顔めっちゃ怖くなったんやけど！ もっと笑いーな。職場でもいつもそうやって仏頂面でおるやろ？」

「どの口が言うんですか、どの口が。それに……楽しくもないのに、笑えませんよ」

「ちゃうちゃうちゃうっちゅうねん」とイマリさんが栗頭をぶんぶん振った。

「楽しいから笑うんやない。笑うから、楽しくなるんや」

「だからどの口が」

「ほら、笑って！ お姉さんに素敵な顔を見せてみぃ！」

ニコォ……。

「うん、ごめん。今のうちの言葉忘れて」

「その栗頭を煮て焼いたら、脳内にたまったアルコールを飛ばせますかね？」

「だからごめんてぇ！」

なんてやりとりをしている間に、木立の中に佇《たたず》むケーブルカー乗り場が見えてきた。

往復切符を購入したものの、一人千円弱とかなり痛い想定外の出費だ。モヤっとした気持ちになりながらも、ケーブルカーの時刻を確認する。

――イマリさんについていかなければ、余計な金を使わずにすんだのにな。

だめだ。夜勤明けで、しかもロクに寝ていないので、思考がマイナス寄りになる。そうしてしばらく時刻表の前でついぼんやりしてしまっていたら、

『高尾山駅行ケーブルカー、間もなくの発車でーす』

発車ベルとアナウンスに、体がぎくりと固まった。やべ、急がないと。

「イマリさ――」

慌てて周囲に目をやるが、見慣れた栗ヘッドの姿は、もうない。

ま、さ、か。

乗り場に頭を向けたのと、ケーブルカーのドアが閉まるのは同時だった。

山上へと引っ張り上げられていくケーブルカーの最後尾の窓からは――

イマリさんが、陽気に手をぶんぶん振っていた。

「イイマアアアリイイイイイィィイ！」

叫んだ途端に傍《そば》にいた係員がびくりと肩を震わせたのを見て、ようやく冷静になれた。

……いや、今のはぼうっとしていた俺が悪いわ、うん。

俺は何事かとびくびくしている係員へとフラフラと駆け寄っていく。

「あのー、次の発車はいつですか」

「へ？　あ、ああ、次は十五分後だね」

十五分。乗車時間も含め、あの酔いどれを三十分近く放置するのは危険すぎる。

どうしたもんか……と頭を抱える俺に、係員はきょとんとして、

「もし急ぎなら、リフト乗り場がすぐそこにあるけど」

「はーい、足元に気をつけてねぇ」

ゴウン、ゴウン……

床のベルトコンベヤーに仁王立ちのまま運ばれた俺は、後ろに回りこんだリフトに尻《しり》をすくわれ、地面からふわりと体を浮かせた。

晩秋の木立の間を、リフトは山上目指して勢いよく上昇していく。

山上へはケーブルカーのほかにもこのリフトで行く手段があって、ルートもほぼ同じ。切符も共通のもので、観光客は好きな手段で山上へと向かえる仕組みとなっていた。

リフトは地面すれすれを通っていて、並木道でも散歩している気分だったが、途中からぐんと高度をあげた。遮《さえぎ》るものがなくなり、日差しをもろに浴びる。

まぶしい。強い光から逃れようと、後ろを振り向いた時だった。

「――あ」

思わず、声が漏《も》れた。

徐々に高度が上がり、木々の向こうから緑のまだら模様をした白い原っぱが見えてきた。

原っぱに思えたのは、丘陵を除いて平地を埋め尽くす無数の建物だった。雲一つない青天の

下、その原っぱの向こうの地平線と空の境に高層ビル群がうっすらと見えた。

新宿――いや、大気によって水色にかすみがかっている首都圏の街並みだった。

望遠鏡がないからよくわからないが、スカイツリーらしきものも見える。上京したての頃、初めて目にした高層ビル群は、その圧迫感と閉塞感《へいそく》でもって俺を睥睨《へいげい》していたものだが。

ここから見たら、なんとちっぽけなことか。

「リフト、悪くないな」

清々《すがすが》しい景色をたっぷりと堪能した後、十分ほどでリフトの旅は終わった。山上駅を出て少し歩くと、開けた場所があり、パノラマが眼下に広がっていた。

「うわぁ……」

リフトの時は木立に隠れて見えなかった関東平野を、ここからならほとんど一望できた。緑の丘がぽつぽつある以外、平野はほぼすべて建物で埋め尽くされ、ところどころに高層ビルが密集している。右の端っこに見えるのは、あれは海だろうか。

他の観光客たちもここで足を止め、スマホなどで思い思いに写真を撮っている。

俺も撮ろうかな。写真を撮るなんてめったにしないのに、この時ばかりはポケットのスマホに手を伸ばし、柵へと近づいた。

すると景色をバックに、柵の上に置いたブルドッグのキーホルダーを一眼レフカメラで撮影している、見覚えのあるミディアムストレートボブを見つけた。

「……須崎《すさき》さん？」

呼びかけに気づいた須崎さんが、俺の姿を見つけると目を丸くした。

「え、ええ〜〜⁉　ハ、ハシビロっち？　何してんのさ」

「須崎さんこそ。その格好」

「これ？」

須崎さんは、じゃん、とTの字のポーズをとった。

上は青の登山ジャケットを羽織っていて、ショートパンツの下からは登山用と思《おぼ》しきタイツに包んだ足がすらりと伸びている。靴は素人目にもわかるトレッキングシューズで、背中を丸ごと覆うくらいのバックパックを背負っていた。

「えへへ、実はあたし、登山を少々嗜《たしな》んでおりまして」

「…………へ？」

「元々山育ちだからね。地元が恋しくなったら、今日みたいに山に登ってんの」

意外でしょ、と彼女は得意げに微笑む。

正直……本当に意外だった。

職場では都会っ子風なイメージが強かっただけに、アウトドアな一面にしばし面食らう。

「登ってきたって……、ケーブルカーでですか？」

「ううん、歩きで。登山道が麓から延びてて、一時間もかからずにここまで来られるよ」

なんだと。それくらいの時間で来られるなら歩いて登ってきたのに。

「いい天気でよかった。ここには何回も来てるけどいつ見ても最高の景色。そう思わない？」

「まぁ……」

「そんなハシビロっちにはこれ！」

と、相変わらずこっちの話もロクにきかず、須崎さんがバックパックをごそごそして取り出したのは双眼鏡だった。

「野鳥観察に使ってるやつだけど、景色もよく見えるよ。使うでしょ」

観光地で百円の固定双眼鏡を覗《のぞ》く子どもじゃあるまいし、と一瞬ためらったが、結局好奇心には逆らえず、受け取った双眼鏡を覗き込んだ。

「あ、東京タワー」

早速東京のシンボルを見つける。

「右に向いてみ。ほら、四角いランドマークタワーはわかる？　あそこが横浜」

「へぇ、テレビで見たことあります」

「木に隠れて見えづらいけど、ほら、江ノ島のシーキャンドルも見えるでしょ」

「どこです？」

「あのロウソクろうそくみたいなやつ」

「おお。見つけました」

今里さんが初めての旅上戸で見たと言っていたタワーだ。名前の通り、本当にでっかいロウソクが島に刺さっているみたいだ。

何回も来たというのは伊達《だて》ではないらしく、詳細な解説と絶景にしばし夢中になっていた。

「ね、いい景色でしょ」

「……日本の人口は一億、って言われてもパッとしないですけど」

「うん?」

「こうして眺めてみると、少しだけその数を実感できる、というか。あの建物の一つひとつに、誰かの生活や人生があるんだなー……て」

やべ、何言ってんだ俺。

やはり夜勤明けは危険だ。思わずポエムってしまった言葉を訂正しようとすると、

「似たこと、あたしも思った!」

須崎さんは心底驚いた顔で叫んだ。

「すごーくへこんだり悩んだりすることがあっても、山の上から自然や街を眺めていると、私は地球の中のほんの一粒にすぎないんだーって、すっきりしちゃう、ていうか!」

「須崎さんに悩みってあったんですね」

「おいこら失礼だろー」

「冗談ですよ。でも……わかる気がします」

「でしょー、あたしたち、初めて気ぃあったね……おい、なぜ顔を逸らす」

「気ぃ、合ってしまいましたかー」

「何で嫌そうに言うんだよ」

肩を小突かれても、須崎さんの方を向かなかった。

そうして顔を背《そむ》けていたのは。

「気ぃあう」と言われて、悪い気がしなかったからだ。

しかし頭をわしゃわしゃわしゃと撫でられて、さすがにこれ以上のスルーはできなかった。

「だから撫でないでくださいって」

「うへへぇ、はっさくみたいにふっかふかぁ」

「そういえばさっき、ブルドッグのキーホルダーの写真、撮ってましたね」

「このキーホルダーねぇ、あたしの手作り。はっさくに似てるっしょ？」

「手作りなのは知ってますが、似ているかどうかは微妙なラインですね」

「はー……、早く会いたいなぁ、はっさく」

だから話聞けよ。

「景色の写真撮る時にね、はっさくも入れてるの。こうすれば一緒に旅してるみたいじゃない？」

そして怖いこと言いだしたぞ、この人。

「そうやって付けたり外したりするから、前みたいに街中で落とす羽目になるんですよ」

以前の新宿駅北口での出来事を思い出したのか、須崎さんは苦笑いをちょっと浮かべた後、

「そだ、ハシビロっちも一緒に写ろうよ」

「はあ?」とたじろぐ俺の腕を引き、ぐいっと密着してくる。

「ちょ、やめてくださいよ、写真苦手なんです!」

「ほらほらぁ逃げない、ハイいくよー」

須崎さんが掲げたスマホのインカメラが起動する。写っているのは超仏頂面の俺と、それに超密着してくる須崎さんと、頬《ほお》に押しつけられたはっさくキーホルダー。

そして。

ジトォ……と背後に立ちカメラを睨《にら》むイマリさん。

「うおぉ!」『きゃあ!」

振り返ると、最高に機嫌が悪いイマリさんがまた何かをモグモグしながら立っていた。

「……なんしとん?」

やべえ。

すっかり忘れてた。

「俺は言い訳はしません」

「うちを放置プレイした末の言葉がそれか」

「完全に存在を忘れてました」

「正直か！」

天狗《てんぐ》の顔をした和菓子を無理やり口に突っ込まれた。

「い、今里先輩？　しかも酔いどれバージョン？」

モガモガあえぐ俺の後ろに、顔から血の気が引いた須崎さんが隠れる。

「須崎……？」と遅れて彼女に気づいたイマリさんは眉間にしわを寄せた。

「なんでここに須崎少将がおるん？」

少将とは先日イマリさんが飲み会でつけた、須崎さんの口癖からとったクソダサあだ名だ。

「休みなので、少々、登山に……」

「ふーーーーーん」

イマリさんがじろじろと俺と須崎さんを見比べる。

「あの……なんで先輩とハシビロっちは、ここに？」

「ハシビロに富士山を見せにきたんや」

小柄な割に豊かな胸を張った今里さんに、須崎さんは首を傾げる。説明になっているようでなっていない。

「富士山を見たがってるのは、俺じゃなくてイマリさんです」

「なんでそれにハシビロっちが付き添ってるの？　そもそも何で今日一緒にいるの？」

「うちのお目付け役やからや！」

「だから説明になってないですって。あとイマリさんが威張って言うことじゃないでしょ」

「ああ、『イマカン』だったっけ」

イマカンはもう会社では周知の事実だ。事情を知る須崎さんが気の毒そうに俺を見る。

「で、でもぉ、それをプライベートにまで押しつけるのは、少々おかしいかなー」

「ああん？」

「ひぃ」と再び俺の背中に隠れる須崎さん。イマリさんとはまた違った良い香りがした。

どちらかというと、せっかくの休日に苦手な人間に遭遇した須崎さんのほうが気の毒だ。

苦手なタイプではあるが、それでも理不尽に巻き込むのはさすがに気が引けた。

「それじゃあ俺たちはこれで。須崎さんも気をつけて」

「え……もう行くの」

だがなぜか、須崎さんは残念そうにうつむいた。

「ふふん、うちには富士山をハシビロに見せる崇高な目的があるからな」

「だから自分が見たいだけでしょうって」

「……行く」

「え？」と訊き返すと、須崎さんはうつむいていた顔を上げた。

その目には、確固たる光が宿っていた。

「あたしも、一緒に行く」

＊

『須崎さんて、毎週金曜日の夜に男と遊んでるらしいよ』

その噂《うわさ》は、人付き合いが少ない俺の耳にも届くくらい有名だった。

いつもマイペースで気さくで、男性スタッフにも人気がある須崎さんを妬《ねた》んだ女子たちの発言が独り歩きしただけかもしれないが、どうでもよかった。須崎さんとは同じタイトルを担当したくらいで、あまり接点がなかったからだ。

そんな彼女と初めてまともに話したのは、数カ月前の土曜の朝の新宿駅だった。

その日も夜勤上がりだった俺は、特売セールの情報を耳にし、普段は立ち寄らない歌舞伎町にある二十四時間営業の激安雑貨店に足を運んでいた。

「歌舞伎町」という夜の街の響きもあってか、新宿駅北口界隈《かいわい》には苦手意識があり、この日も香水のような匂いが漂う駅前の広場を足早に通り抜けようとしていた。

今より少し短い、見覚えのあるストレートボブを見つけたのは、その時だ。

彼女は四つん這《ば》いだった。広場のライオン像前で膝《ひざ》をつき、うなじを恥ずかしげもなく剥《む》き出しながら「うーうー」と地面を這っていた。控えめに言うとヤベェ女だった。

歌舞伎町。男。オールナイト。朝帰りの酔っ払い……。

以前にもこの辺りで奇抜な服装の男たちとたむろしているのを見かけたこともあったし、あながちあの噂は本当かもなと呆れた俺は、そそくさとその場を離れようとした。

「あれ……橋広くん……だっけ？」

が、目の周りを真っ赤にした須崎さんに見つかってしまった。これはもう無視できない。

「……須崎さん、ですよね？　そこで何してるんですか？」

「あのね」と須崎さんは力なく首を振った。

「はっさくが、見つからないんだ」

＊

ちなみにあの時の俺は、はっさくのキーホルダーの存在を知らなかった。

つまり何が起こったのかというと、俺は必死になって「はっさく」という名の犬を探し、散歩中の犬という犬に片っ端から声をかけ、吠《ほ》えられ、蹴《け》られ、飼い主に怯《おび》えられ、そのうちライオン像の後ろにあったブルドッグのキーホルダーを見つけ、「これとか言わないですよね⁉」と尋ねたら、ようやく須崎さんは俺の勘違いに気づいてくれたようだった。

彼女は「だひゃひゃひゃ！」と恭しく大爆笑しながら受け取ってくれた。

あ——俺……この人のこと、苦手だ。

まぶしい笑顔を見て、自分の素直な気持ちに気づけたのを覚えている。

そういえば、それ以来かもしれないな。

俺に会うたびに、須崎さんがやたらと頭を撫でてくるようになったの。

「これが『たこ杉』。ほら、根っこが蛸《タコ》の足みたいでしょー」

「ほんとだ、曲がりくねってますね」

須崎さんの案内で、俺たちは富士山が見えるという高尾山の山頂へと向かっていた。

曰《いわ》く、ここは開運や魔除けのご利益がある天狗信仰も盛んだそうで、さっきイマリさんが食べていた「天狗焼き」といった、天狗にちなんだ土産などが随所で売られていた。

山頂までの山道は、薬王院《やくおういん》という立派なお寺の参道でもあり、広々とした道はきちんと舗装されていて素人でも歩きやすい。

「で、たこ杉の隣に置かれているこの蛸のオブジェが『開運ひっぱり蛸』。頭を撫でると運を引き寄せるんだって」

かわいらしい仕草で「吸盤で、こう」と蛸の真似《まね》をする須崎さん。

一方のイマリさんは、口を富士山のように△の形に尖《とが》らせて、

「……たこ焼きの具にしたろか」

と俺の陰で、ぼそっと恐ろしいことを言った。

「充分蛸は味わったやろ。さっさと行くで」

俺たちが蛸の頭を撫でていると、イマリさんが先に歩きだした。

こういうのには、いの一番に飛びつきそうなものなのに、さっきから露骨に不機嫌だ。

隣を歩く須崎さんがぼそりとささやいた。

「この前の飲み会ではびっくりしたねー。酔うと全然別人になっちゃうんだもん」

「あの夜は先輩たちの介抱、ありがとうございました」

「みんな所かまわずオロロンしちゃうからさー、あやうく警察沙汰になりかけたよ」

「須崎さんは割と平気な顔してましたよね？　みんなと一緒にお酒飲んだのに」

「うちはお酒は少々、楽しむ程度にしているのでー」

立派な心掛けだ。前を歩くイマなんとかさんにはぜひ須崎さんの爪《つめ》の垢《あか》をつまみに酒を飲んでほしい。いや、つまむな。ちゃんと煎じて水で飲んでくれ。

やがて、別れ道に行き当たった。

右が緩やかな坂道が続く「女坂」、左が急な階段を上がる「男坂」だそうだ。

「どっちに進んでも同じ場所に着くから、体力に自信がないなら女坂がおすすめだよー」

「なるほど、それなら女坂にしましょうか」

「坂を上った先には『天狗の腰かけ杉』ていう大きな木があってー……今里先輩っ？」

解説を無視し、イマリさんは果敢にも大股で男坂の階段に挑んでゆく。

「優しい道やから『女坂』……？　女もずいぶん舐《な》められたもんやな」

「酔いが回ってんですから危ないですって。素直に緩いほう行きましょうよ」

「そ、そだよー。階段の段数は百八段。煩悩の数だけある厳しい道なんだから」

須崎さんの注意はかえって火に油を注いだようで、イマリさんは一段飛ばしで階段を駆け上がっていき、その小さな背中がさらに小さくなっていった。

うおー、かかってこい、ぼんのー！

「俺たちはゆっくり上りましょうか」

「だね」

そして数分後。

階段の途中で、蛙のように干からびていたイマリさんを無事発見した。

「煩悩には勝てませんでしたか。実にぶざまですね」

「…………」

ぐぅの音《ね》すら聞こえてこない。どうやら言い返す体力もないらしい。

「イマリさん、立てますか」

「……むーりー」

「だめだこりゃ。須崎さん、ここで少し休憩しましょうか」

通行の邪魔にならないよう、イマリさんを階段の端に寄せようとすると、

「……ぶ」

「はい？」

「おんぶ、して」

コンブしてってなんだよ。珍妙なこと言いやがって。出汁でもとれというのか——おんぶ⁉

数テンポ遅れて脳内で素《す》っ頓狂《とんきょう》な声を上げてしまった。おんぶだとっ？

頭脳はアルコール漬けでも見た目は大人ボディーなのだ。小柄だが出るところは意外と出ているイマリさんの体と密着するなんて、そんな百九個目の煩悩を生み出しかねないことを俺には、

「まったく、しゃーなしですよ」

世界に新たな煩悩が爆誕した瞬間だった。許せ人類。

「そんなのダメ」

が、行動に移そうとしたところで須崎さんの「待った」がかかった。

「ハシビロっちは夜勤明けでしょ。そんなんでおんぶとか危ないよ」

「それでも俺は人の業を背負って歩いていかなくちゃならないんです」

「なに訳わかんないこと言ってんのさ。ほら、私が代わりに背負うからさ」

「これは俺の役目です」

俺はさっさとイマリさんの右腕をつかむ。

「いーえ、同じ女のあたしの役目だよ！」

須崎さんが左腕をつかみ、両者互いに引っ張った。

「ギ、ギブギブギブギブ……！」

Ｔの字になり体中を真っ赤にしたイマリさんから断末魔が聞こえる。

「どうです、イマリさん！　これが高尾名物の『ひっぱり蛸』や……！」

散々引っ張った後にイマリさんを地面に戻すと、「ひっぱり蛸は明石の名物や……」というツッコミを最後にＴの字の姿勢のままピクリともしなくなった。

「イマリさん、無事ですか」

「うう……わかった、おんぶは諦めるから、せめて普通に担《かつ》いであがって……」

「担ぐって、簡単に言わないでくださいよ。だいたいどうやって――」

その瞬間、天啓を得た俺と須崎さんは同時に顔を見合わせた。

あるじゃないか、「普通に担ぐ」方法が。


えっさ、ほいさ――


「いやあああ、おろしてぇええ！」

頭上でイマリさんがやかましく泣き叫んでいる。

仰向《あおむ》けにしたイマリさんの肩を俺が頭上で支え、その後ろで須崎さんが両足を頭上で抱えている。傍《はた》から見たらこれは、そう、ジャパニーズ駕籠《かご》スタイルだ。

「恥ずかしいいい、死ぬううう！」

適度な負荷と最適解を見つけた興奮に頭はスパークし、イマリさんの声が遠のいていく中、「えっさ、ほいさ」と須崎さんと息を揃《そろ》え、軽快に男坂を上がっていく。

江戸時代が舞台のゲームを散々デバッグしつくしてきた俺たちにとって、ゲーム中に登場する駕籠は自動車よりも慣れ親しんだ乗り物だ。動きをトレースすることなど造作もない。

息を弾ませ、高揚感に瞳をきらめかせながら、俺と須崎さんは無言でうなずきあった。

その瞬間に感じた絆《きずな》と、坂を上りきった達成感は、この先一生、忘れないことだろう。

実際この日のことを、時たま思い返すことがある。

なんであんなわっけわかんねぇことしたんだろうなぁ、って。

きっと夜勤明けだったせいだと、僕は今でも、そう思うんだ。


「う、うう……」

薬王院前の休憩所で、俺は並んで腰かけに座るイマリさんを慰めていた。

「イマリさん、何がそんなに悲しいというのです」

「至極前衛的な手法で辱められた……」

「でもイマリさんが望んだことですよ」

「社会的な死は望んでへんわ！」

「まるで今までは社会的にセーフだったみたいな言い方やめてくれます？」

「周りにめっちゃスマホで撮られてたぁ。ううう～、もうお嫁にいけん～」

イマリさんがキッと俺を睨みつけた。

「満足か、お前はこれで満足か！」

「びっくりするくらいスカッとしてます」

「正直か！」

「お待たせー」

薬王院の方から須崎さんが駆け下りてきた。俺たちが休憩している間、須崎さんは本堂にお参りに行っていたわけだが、さすが登山が趣味とあって、ピンピンとしている。

いや、散々にイマリさんをいじり倒せてスッキリしたせいもあるだのろう、多分。

「歩けますか？　山頂まであと少しですよ」

須崎さんがおずおずと手を差し伸べるが、イマリさんはぷいっとそっぽを向いて、先に歩きだしていった。快活だった須崎さんも「はぁ」とへこんでしまう。

……うーむ、この二人のウマの合わなさ、どうにかならないものだろうか。

気まずい空気のまま歩くこと数分、ついに高尾山山頂に到達した。

そこは広場になっていて、売店や軽食屋が軒を連ねている。その広場をさらに奥へ進んでいくと、高尾山から西を望む展望台があった――のだが。

「富士山、見えへんやん」

展望台から望む緑の山々の向こうに富士山が顔を覗かせているはずなのだが、さっきまでの青天とは打って変わって、富士山がある辺りは雲で覆われていた。

「せっかく……ハシビロの富士山嫌いを治しにきたのに」

「だから自分が見たかっただけでしょ。別にいいですよ、見られなくったって」

「だけど、それやと」

「それだと？」

イマリさんは珍しく言葉に詰まり、「何でもない」とまたそっぽを向いた。

「んー、ならそこのお店でご飯でも食べる？　知りあいのお父さんのお店でさー」

「下りる」と、イマリさんが須崎さんの言葉を遮った。

「富士山見られへんのやったら、はよ山下りるで」

……………やった、これで帰れる！

と、ぬか喜びしかけたのはほんの一瞬。俺はすぐに言葉の違和感に気づく。

「帰る」じゃなく「下りる」だと？

イマリさんは怖いくらい澄みきった笑みを浮かべて言った。

「さっさと下りて、富士山の近くまで行くで」

だぁあああ、やっぱり！

「そ、そんな！　高尾山に登ったら解放してくれる約束だったでしょ？」

「ちゃうちゃう、うちはこう言ったんや。富士山が見られたら家に帰る、てな」

――言った。確かにそう言ってたわ。

「嫌だ、俺はついてきませんよ！」

「ふん」

「ほあああ」

好きな人にいきなりぎゅっと手を握られて、一瞬で全身を骨抜きにされてしまった。

「は、ハシビロっちっ？」

「ぐっふっふっふ……、よいではないか、よいではないか」

くそ、顔が濡《ぬ》れた某国民的あんぱんヒーローのように、力が出ないよ……。

「後生です……お代官さま、どうかご勘弁を」

「往生際の悪い奴め、覚悟せぃ！」

どうやらここが年貢の納め時。辞世の句を詠みあげようとした、その時だった。

「……ご、ご、御用だー！」

思わぬ人物が助太刀に入り、ぺしりと手刀で俺とイマリさんの手を振りほどいた。

「須崎、さん？」

「ハァハァ……これ以上、悪代官の悪行を見逃すことはできないんだよねー」

「……ハァ？」

ズシンと重くて低い声に、俺は思わず身をすくめた。

イマリさんの顔は、今までにないほどの怒気に包まれていた。対する須崎さんは、今までの怯《おび》えが嘘なほどまっすぐイマリさんを睨み、ハシビロっちを連れ回していた。対峙《たいじ》していた。

「いったい先輩に何の権限があって、ハシビロっちを連れ回しているんですかぁ」

「ハシビロは会社公認のうちのお目付け役や」

「本人の意志は尊重しないいんですか？　明らかに迷惑がってる気がするんですけどー」

「確かにそうかもしれん」

「イマリさん……？」

「でもそれ以上にハシビロは――」と、イマリさんはぎゅっとこぶしを握り、

「うちと一緒にいる時だけは……おもろい顔してくれるんや！」

「いいこと言った風なトコ悪いですけど、俺を超コケにしてくれてますよね」

「富士山が見たいのなら先輩一人でどうぞ。同僚としてハシビロっちの解放を望みます」

「……おもろいなぁ。ほなら、うちと勝負する？」

「え？」

「うちが勝ったら、ハシビロを連れて行く。そっちが勝ったら、今日のとこはハシビロを解放する。この条件でどや？　勝負の方法はそっちが決めてええ」

「いいでしょう。受けて立ちます」

な、バカな！　俺が制止する前にイマリさんが不敵に笑う。

「ゲームでもアナログの遊びでも何でもええでぇ？」

イマリさんがゲーマー顔負けの腕前を持つことは周知の事実、デジタルでは万に一つの勝ち目もないだろう。かといってアナログゲームは……。

箱根の時のお札キャッチの苦い記憶が蘇《よみがえ》る。

「須崎さん、受けちゃだめです！　イマリさんはアナログゲームでも巧妙な罠《わな》をはります。下衆の極みと言っていいほど恥も外聞も捨てた卑劣な手段で身も心も痛い痛い痛い痛い痛い！」

イマリさんにわりと本気の力でボコスカ殴られて押し黙る。

「……何でもいい、て言いましたね。わかりました」

須崎さんの声音が、すうっと据わった気がした。

「なら、あそこのお茶屋さんまでついてきてください」

彼女が指し示した先には、『親子茶屋《おやこぢゃや》』と看板を掲げたお店があった。

「うどん」や「サイダー」などの貼り紙が張られたガラス戸を開けて入ると、山頂の寒風で冷えきっていた顔が分厚い熱の層にぶつかった。石油ストーブ特有の熱気に包まれた室内には、簡素なテーブルと椅子が並べられ、登山客でそこそこ賑わっていた。

「あ、霧島《きりしま》さんいた！　こんにちはー」

須崎さんが声をかけると、食器を片づけていたパーマ頭の店員が顔を上げた。

「……いらっしゃい。久しぶりだね」

俺より少し年上だろうか、ぼんやり気だるげで、物静かな印象だ。

「今日は友達と一緒？　三名さまなら奥の窓際《まどぎわ》の席が空いてるけど……」

「ううん、今日は『アレ』をしにきたの」

そう口にした時の須崎さんは、目だけは笑っていなかった。霧島さんは「ああ」と得心した様子で店の奥に置かれていたものを指さした。

「あ、『アベⅡ』や、懐かしい！」

イマリさんが真っ先に向かった先には、人気格闘ゲーム『アベニューファイターズ』の筐体《きょうたい》が置かれていた。ナンバリングは、シリーズの人気を確立させた『Ⅱ』。平成初期に誕生した伝説級の筐体を、まさかこんな最果てのお店で見つけられるとは。

「今里先輩」

須崎さんは、ウキウキで筐体の前に座ったイマリさんに話しかけた。

「勝負はこれです。あたしと『アベⅡ』で戦ってください」

「え」

俺はもちろん、イマリさんも呆気《あっけ》にとられた。今須崎さんがした提案は、いわば素人がプロ野球選手にホームラン競争を持ちかけるようなものだ。

イマリさんのゲームの腕前は言わずと知れたことだが、須崎さんがゲームが得意とは聞いたことがないし、一緒に仕事をしてお世辞にもゲームセンスがあると感じたこともない。

数テンポの間を置いた後、イマリさんは不敵に微笑み、

「武士に二言は？」

「なし」と、須崎さんが向かいの筐体の前に座った。

俺の心配をよそに、お互い小銭を投入し臨戦態勢に入る。

勝負は先に三本先取したほうの勝ちだ。

イマリさんが選んだのは、飛び道具技の「波動波《はどうは》」や対空技の「昇竜アッパー」などを持つオーソドックスな日本人格闘家。対する須崎さんは攻防のバランスがとれた軍人女性キャラを選択した。マッチ開始までに待機する須崎さんの表情は、どこか得意気だ。

やがて歌舞伎町の路地をモチーフにしたステージに画面が遷移し、

『レディー……ファイ!!』

試合開始のゴングがなった。向かい合っていた二人が同時に前進する！

『昇竜アッパー！』『ウインターシュガーパンチ！』

そして同タイミングで放たれた互いの飛びあがり対空攻撃が盛大に………スカった。

拳《こぶし》が交わることなく着地したキャラたちが、気まずそうに顔を突き合わせている。

「……イマリさん？」

「決まった」

「どこがです。歌舞伎町でハイタッチを交わすパリピみたいでしたよ」

「だってしゃあないもん！　うちがゲーセンで遊んでたのは『Ⅲ』やし。感覚ちゃうもん！」

ぶうと頬を膨らませるイマリさん。ダメだコイツ。

「霧島さーん、前よりレバーの効き悪くなってないですかぁ」

対する須崎さんは筐体のせいにしている。ダメだコイツら。

その後も、

「くらえ、『激・波動波』！　だはは、外れた!!」

苦労して入力した超必殺技をイマリさんが真後ろにぶっ放したり、

「……あれ、さっきの技どうやったっけ？」

須崎さんが恐ろしいことを呟きながらコサックダンスのようにローキックを連発したり。

もちゃもちゃと情けなくキャラたちがぶざまに立ち回るストリートは、気づけば斬新な盆踊り会場へと変貌していた。ファイトしろよ。

勝負を見守っていた他の登山客たちも、ビールや熱燗《あつかん》片手にゲラゲラと笑い転げている。

最後に酔いにまかせてイマリさんが連続で放った弱パンチが多段ヒットし、タイムアップギリギリでようやく1ラウンド目が終わった。

須崎さんのキャラが『うーわ、うーわ、うーわ』とスローモーションで断末魔をあげる。

「きいい悔しい！　今のは手がかじかんでたせいだし！」

「ふっふーん、須崎ちゃんよ。酒が足らんのとちゃうか?」

そう煽《あお》るイマリさんの筐体の上には、いつの間にか泡だけが残ったビールジョッキが置かれていた。もうツッコまんぞ。

「……そうですね、あたしも少々、お酒が飲みたくなりました」

「ふっふー。ええんやで、酒に強くないいんやったら、無理して飲まんでも」

「ええ、だから――」

席から立った須崎さんが、傍に置いてあったバックパックのチャックを開けた。

「お酒は少々、いや……」

そして、ぬらりと中から引き抜かれたものに、俺もイマリさんも声を失った。

須崎さんの両手には刀――のようにきらりと輝く一升瓶が一本ずつ握られていたのだ。

「升升《しょうしょう》、嗜むだけにします」

仁王立ちになった須崎さんが、ドヤ顔で酒瓶をダブルで掲げた。

「ほんとうは富士山を肴《さかな》にゆっくり味わうつもりだったんだけど」

そのうちの一本を、つられて立ち上がっていたイマリさんへと放る。

「抜きなさい。あたしの故郷、高知の酒米で醸したお酒だよ」

日本酒を受け取ったイマリさんは、ポンと栓を抜くと、

「受けてたつ」

両者同時に瓶に口をつけた。ゴ、ゴ、ゴ、ゴ、と日本酒が激しく渦を巻いて消えていくさまに、おお……と周囲がざわめいた。イマリさんはともかく、普段からは想像もつかない須崎さんの豪快な姿に、俺も驚くほかなかった。

「あ、あの飲みっぷり……まさかあの高知の嬢ちゃん、『はちきん』か⁉」

隣に立っていた、老師みたいな風貌の老人がなにやら恐れおののいている。

「『トサキン』とは呼ばれてましたけど……なんです、その『はちきん』て？」

「酒も強くて、気性も勝気な高知の女のことをいうんじゃ！　いいか、将来お見合いで高知の女と出会ったら、『お酒は少々』という相手の言葉を真に受けるんじゃないぞ」

少々……一升瓶が二本で「升升」……。

つまり「少々嗜む」とは「二升は嗜む」という意味になるのか。

「で、何で『はちきん』て言うんですか」

「まさか東京の地で伝説の女を拝めるとは。長生きするもんじゃなあ」

「あのだから、『はちきん』てどういう――」

「それ以上言わすな！　セクハラになるだろうが！」

くわっと大喝した老師に対し、「あ？」と眉間にしわを寄せたら、「あ、スンマセン……」と肩をすぼめてしまった。あ、いや、だから「はちきん」てなんですか……。

「おじいさん。今はね、『おてんば』とか『勝気』という意味の言葉が組み合わさって『はちきん』て言葉が成り立っている、という由来もあるんですよ」

代わりに霧島さんが解説すると、「あ、そうなのね」と老師は顔を真っ赤にして押し黙ってしまった。……結局老師が知っていた由来って何だったんだろう。

そうしている間に二人は、一升分の酒を苦もなく飲み干してしまった。

「おいしい……！　あざやかな四万十《しまんと》の清流が、火照った喉を駆け抜けていくみたいや」

「でしょ！」と空き瓶を片づけてから須崎さんが椅子に座り直す。

「さぁ一杯味わったところで、勝負を再開するよ。次はあたしが絶対勝つんだからぐべら」

ガン！　と頭を筐体にぶつけたまま、須崎さんが動かなくなった。

遅れて聞こえてきたのは、スー……スー……という、か弱い寝息。

うんまぁ、あんな飲み方したら普通はこうなるって。

これで勝負は須崎さんのリタイアとなるが、これでよかったのかもしれない。

イマリさんに勝負をふっかけた須崎さんの腕は「中の中」という感じだった。

昔、「波動波」を出そうと練習するも結局指に水膨れを作っただけに終わり、格闘王への道を諦めざるをえなかった俺の目から見ても、須崎さんのプレイには特筆すべき点はなく、あのままゲームを続けていてもイマリさんに勝てたとは思えない。

……はぁ、終わってしまった。

とにかくこれでイマリさんを止める者は誰もいない。

この後の地獄の富士山ツアーを憂い、俺はよろよろと椅子に座った。

しゅんしゅんと唸る石油ストーブの鼻にツンとくる熱気に触れていると、冬は雪国となる故郷の情景が走馬灯のごとくよみがえってくる。気分はマッチ売りの少女だ。

「……勝負は勝負やしな。最後まで決めさせてもらうわ」

呆《あき》れ声のイマリさんが操作に戻り、軽い調子で「波動波」を放った。

その、瞬間だった。

須崎さんのキャラが、勝手にジャンプをしてよけたのだ。

「……？」

もう一度「波動波」を放つ。が、それもジャンプでよけられた。

ありえない。キャラが勝手に動くなんて。何かのバグだろうか。

いや……違う。俺はすぐに気づいた。筐体に突っ伏して眠っているはずの須崎さんだが……

その手はがっしりと、レバーを握っていることに。

「目覚めたな」

霧島さんがポツリと言った。

「目覚めた……？」

「ん、君は友人なのに知らないのかい？」

飛び道具では埒《らち》が明かないと思ったのか、イマリさんが接近戦を仕掛ける。

「新宿にある格ゲーの聖地『ダイトー』。毎週金曜の夜にそのゲーセンを訪れては名だたる格ゲーマーたちを手玉に取る、土佐の女王・通称『トサキン』」

うかつに接近した格闘家の胸倉を、女軍人が摑みあげた。

「トサキンは必ず、日本酒を携えてゲームをプレイする」

ゆらりと頭を上げた須崎さんは――

「彼女は酔えば酔うほどゲームが強くなる……」

殺し屋の顔《マーダーフェイス》つきをしていた。

「『デジタル酔拳』の達人だよ」

そこから先は、目が追いつかなかった。

摑んで投げたと思ったらキックとパンチの連撃が入り、地に足を着く間もなく格闘家がふっ飛ばされた時には体力ゲージがごっそり半分以上減っていた。

「こ……の……」

果敢に立ち向かってくる格闘家を、須崎さんは最低限の指の動きでいなし、手痛い反撃を加える。その指先は芸術的で、まるで音のしないピアノを奏でているみたいだ。

それに呼応した女軍人の動きも、さっきまでのぎこちなさが嘘に思えるほど滑らかで、むしろ『アベⅡ』に不慣れなイマリさんのほうが素人くさく見えてくるほどだ。

そして気づけば2ラウンド目は須崎さんの圧勝で終わっていた。これで一勝一敗だ。

何が起こったのか、未《いま》だに信じられない。

マーダーフェイスを浮かべる須崎さんからは、いつものおっとりとした雰囲気は窺《うかが》えない。

「霧島さんは須崎さんと親しいんですか？」

「うん。普段は近くのアウトドアショップに勤めていて、須崎ちゃんとは『ダイトー』で知り合ったんだ」

「駅前でパンクな服装の人たちと一緒にいる須崎さんを見かけたことがあったんですけど」

「それ多分格ゲー仲間だね。時々俺も交じって飲みにいったりしているよ」

――須崎さんは金曜日の夜に男と遊んでいる。

いや、ばっちり真実じゃねえかあの噂。

まさか、須崎さんが自然と動物をこよなく愛する大酒飲みの格ゲーマーだったなんて思いもしなかったな。先入観とは実に恐ろしいものである。

以前、俺が「ブリティッシュショートヘア」という単語を初めて知った時も、字面から未知なる短髪姿の英国淑女を連想し「い、いったいどんなロイヤルな短髪なんだ！」と鼻息荒く検索した結果、スマホの画面がロイヤルな毛並みの猫ちゃんの写真で埋め尽くされた事件があったが、あれもまた先入観に踊らされた悲劇といえた。まさか猫種の名であったとはな。

なんてことを考えているうちに、3ラウンド目も須崎さん優勢のまま推移していた。

セオリー通りに立ち回るイマリさんを変幻自在の動きで翻弄《ほんろう》し、須崎さんはなんとこのラウンドをノーダメージで制してしまった。これで二勝一敗。イマリさんはもう後がない。

ゲームセンスの塊であるイマリさんが完全に遊ばれている。

次のラウンドに移ろうとした際、どさ、とイマリさんの頭が筐体に落ちた。

「イマリさん⁉」

「うう……」と呻《うめ》きながら、何とか体を起こそうとする。いくら酒豪とはいえ、山登りの後にあの量の酒を一気に呷《あお》ったのだ。さすがに体がもたないだろう。

「降参するなら今ですよ」

筐体越しに須崎さんが冷たい声を発する。

「みっともなくオロロンする姿、ハシビロっちに見られたくないですよねー?」

「ぐぅ」

「ふふ……いいぐぅの音《ね》。ハシビロっちをいじめるから、こんなバチが当たるんだよ」

「ちゃう。うちはただ、ハシビロの、おもろい顔を……見たいだけや」

「それをいじめてるって言うんですよ」

うん、まったくだ。いいぞ、もっと言ってやれ。この勝負、イマリさんが負けてくれたら俺は富士山を見にいかなくていいのだから、つい須崎さんに肩入れしてしまう。

「そんな先輩なんかに、ハシビロっちを……」

立場上イマリさん側にいないとダメなんだろうけど、心は須崎さん陣営に寝返りつつある。

かの関ヶ原の合戦も戦う前から勝負は決していたと聞くしな。今年も東軍の勝利だぜ。

「先輩なんかにあたしが大切に想《おも》うハシビロっちを、渡したくない」

「――え？」

寝返りかけた陣営から驚きの言葉が降りかかった。須崎少将は今、何と申された？

「あたし、ずっとハシビロっちのこと、見てたんだから」

え、なに、いきなり、ちょっとまって。

「そして気づいたんだ……彼の、素敵なところ」

バクン、と心臓が鳴った。かつて「にぶちん」と言われた俺でもさすがに気づく。

他の男には決してしないようなスキンシップ。バグったような距離感。そして極めつけは、俺がイマリさんと箱根まで行ったことを報告した時の切なげな言葉。

『……私も一緒にお散歩したいな』

これらはつまり……そういうこと、なのだろうか。

「あたしの知ってるハシビロっちは、おもろい顔なんてしない。周りに流されず、決して誰かに心を許すことなく、クールで、ちょっと塩対応なのがグッときて……」

俺はずっと須崎さんが苦手だった。あの男に媚《こ》びるような笑顔が嫌いだったし、こっちを勘違いさせるようなスキンシップもやめてほしかった。

バクン、とまた心臓が鳴る。ずっと、からかわれているだけだと思っていたが。

もし今までの言動が、須崎さんの素直な気持ちから来ているものだったとしたら？

「ハシビロっちは――」

俺、は？

「あたしの――――――イヌなの！」

「………………………はい？」

「本っ当に、あたしの大好きなはっさくにそっくりなの！　周りに流されずにマイペースだし、初対面の人間に簡単に心を許さないし、クールで、飼い主のあたしにも塩対応だし――」

『ラウンド4、ファイ！』と試合開始を告げる声が、やたらと遠くで聞こえた。

八つ当たりのごとく、強パンチを格闘家の顔面にぶちこんだ。

「なのになに？　持ち前の硬派はどこへやら、尻尾《しっぽ》をぶざまにフリフリして女上司のうなじを追っかけてるし、おまけにあのはっさく似だった瞳も、光の筋が差すようになって傷だらけ」

バァン、と強烈な蹴りが入る。

「それもこれも全部今里先輩のせい。どんなにさみしくて辛《つら》いことがあっても、あのはっさく似の目を見てたら癒《い》やされてたのにぃ！　ハシビロっちは、あたしのイヌだったのにぃ‼」

気づけば、しん、とあたりが静まり返っていた。

「ハシビロっちを先輩から解放したら、首輪をつけて連れて帰るんだから！」

なんてこった。

霊験あらたかな高尾山に飛んで舞い降りたのは、天狗ではなかった。

新手の変態であった。

太陽のように笑う顔の裏にこんな暗黒面が潜んでいたとは。いったい社会の何がいけなくて彼女をここまで追い詰めてしまったんだ。多分ストレスだろうなぁ。

「ハシビロっちを躾《しつ》けるためにも、はっさくのためにも、あたしは負けないんだから……！」

気炎を吐く須崎さんにイマリさんは追い詰められ、このまま勝負が決まり、俺の人としての尊厳も決定的に失われるかと思われた、その時。

筐体に置かれたスマホが震動で揺れ、はっさくのキーホルダーがぶらんと垂れさがった。

「う」

それを目にした須崎さんはぴたりと動きを止めたかと思うと、

「うあああああああああああああああん！」

ダムの決壊かと見間違うほど、両目から涙が一気に噴出した。

「さみしい、さみしいよぉ、会いたいよぉおおお、はっさぐううう！」

涙の瀑布《ばくふ》を作り続ける須崎さんの姿を見つつ、霧島さんに尋ねる。

「もしかして須崎さんって」

「うん、『泣き上戸』だよ。そろそろかなーと思ってたけど」

「ごめんねえええええ、お正月は絶対高知に帰るからぁぁああ！」

「須崎ちゃん、親の仕事の都合で上京してきたんだけど、ペット不可のマンションではっさくを連れて行けなかったらしい。さみしさを紛らわせるためにゲーセンに通い始めたんだって」

「でも、シラフの時の腕前はそこまででもないですよね?」

「格ゲーは家で一人でしてたから対人戦に苦手意識があるらしい。けどお酒が入るとある種のストッパーが外れるのかな。初めて酔拳を披露した時は、八人連続完封をやってのけたよ」

その後九人目で負けたのは泣き上戸が発動したから。トサキンと呼ばれるきっかけとなった女王爆誕秘話を聞いた後、俺はぐったりしたままのイマリさんが心配になって声をかけた。

「もうこの辺でやめにしましょうよ。それ以上動くとオロロンしちゃいますよ」

イマリさんはわずかに顔を上げると、「ハシビロ」とジロリと俺を睨んだ。

「今までうちと一緒に旅をしてきて、いったい何を見てきたんや」

「憧《あこが》れの上司のスキャンダルですかね」

「ちゃう。たとえ目の前に壁があっても、知らん世界が広がっていても、大切なんは、一歩足を踏み出してみる勇気や」

そうだったかなー、と呆れつつも、俺の目はイマリさんの手の動きを捉《とら》えていた。

頭を持ちあげる気力はなくとも、指先でボタンを押下し続け、動きを止めた女軍人の体力ゲージを着々と削っていた。イマリさんはまだ、勝負を諦めていないのだ。

さすがに体力ゲージが半分ほどまで減ったところで、須崎さんが戦線に復帰した。

「負ける、もんか……！」

さらにパンチを加えようとした格闘家の胸倉をつかみ、あとはコンボをつなげるだけだ。

が、その一連の動きは格闘家がステップしてつかみ技から逃れたことで達成されなかった。

「──おまたせ」

ゆらりと、今度はイマリさんがゆっくり顔を上げた。

再接近を仕掛けた格闘家が隙だらけの女軍人の肩をつかみ、

「アベⅡの操作、ようやく覚えたわ」

地面に強烈に叩きつけた！　一度バウンドした相手によどみのないコンボを叩き込み、一気に4ラウンド目を制してみせた。

操作を、覚えた？　この数分で？

底知れぬイマリさんのゲームセンスに、俺はあらためて戦慄《せんりつ》する。

とにかくこれで二勝二敗だ。勝負は最終ラウンドに持ち越された。

試合展開に登山客たちも熱狂し、隙間風《すきまかぜ》が時折入りこむ店内は熱気に包まれていた。

須崎さんはジャケットとその下に着込んだインナーも脱いで、ラフなTシャツ姿になった。

凹凸こそ少ないものの、運動で鍛えられた体は新鮮な青魚のようにきゅっと引き締まってハリがある。ミディアムストレートボブの髪を後ろで一つ結びにし、露わになったうなじからショートパンツまで、理想の極みともいえる上品なS字のラインを描いていた。

隠れた須崎さんのスペックに驚嘆させられる一方で、対するイマリさんも負けていない。

時を同じくしてイマリさんもコートとカーディガンを脱いだが……下のワイシャツはなんと、ノースリーブだった！　剝き出しになった白い腕と甘いシルエットの体の間からチラ見えした無防備な脇はソフトクリームのような滑らかさがあり、もう目がどうにかなりそうだ。

「この勝負、甲乙つけがたいね」

「ええ、まったくです」

固唾《かたず》を飲んで画面を見つめていた霧島さんの横で、俺もごくりと生唾を飲んだ。

決戦の第5ラウンドが開始されるなり、激しい拳の応酬が展開される。

「先輩、ガードが甘くなってんじゃないですか。隙だらけですよ」

「そっちこそ。攻める一方で、ハシビロにいつもドン引きされとるくせに」

場外でも激しい舌戦が展開されている。

「あー！　ハシビロっちに迷惑かけている先輩がそれを言いますか！」

「うるさいなぁ！　こっちはあんだけ目ぇかけてやっとんのに、だいたいなんや、仕事で少将を手伝う時のあのハシビロの顔。なぁにが『楽しくもないのに、笑えるもんですか（キリッ）』や！　立派に鼻の下のばしよってからに！」

「え、うそ、それならもっとわかりやすく優しくしなさいよ。あたしだって女の子よー！」

「天然女ったらし！」

「浮気もの！」

「知っとる？　あいつ、ショートカットの女の子が大好物なんやで、あんたも気ぃつけや」

「ふーーん、髪の毛短い女の子だったら誰でもいいんだ。ハシビロっちてさ、『ブリティッシュショートヘア』を女の子の髪型だと勘違いして興奮してそうなタイプだよね」

なぜ知っている。

「でも残念、あたしは対象外でーす、肩にちょっと届くかもって髪の長さなんで」

「あかん。そのくらいならあいつの許容範囲や」

だからなぜ知っている。

「嘘、もはや何でもありじゃん！　この変態！」

「ど畜生！」

場外に向かって激しい舌戦が展開されていた。

「霧島さん、俺ちょっと安心しましたよ。あの二人はウマが合わないと思ってたんですけど、意外と仲良くなれそうでよかったです」

「今その二人からエグい十字砲火浴びてなかった？」

「でも俺、女性二人に同時にののしってもらえたことなんて、人生で一回もなかったから……」

「普通は人生そんなことないほうがいいんだよ」

「うまく言えないですけど。今の俺……最高に『生きてる』て、感じがするんです」

多分、ここ最近で一番晴れやかな顔で言えたと思う。

しかしそんな俺の発言に対し、霧島さんの顔はひどく陰鬱《いんうつ》だった。うわぁ、とついでに俺の周囲から人の波が引いていく。

「ま、待ってください。俺はあの会社では至ってノーマルなんです」

「変態の卸売市場にでも勤めてんのかい？」

「違うんです」と誤解を解《と》こうと伸ばした手を「触らないでくれ」と払われた。御しがてぇ。

確かにうちの会社はヨシタケ先輩というわいせつ物を陳列しているが、ひどい偏見だ。以前先輩が、コミケで売れ残った同人誌『エロ漫画頻出単語集〜擬音精舎《ぎおんしょうじゃ》の鐘の声編〜』を会社で頒布した時は、温厚なダンディー部長もさすがにブチギレてたし。

――こういうのは一般人の目に触れない所で配りなさい、と。うん、変態しかいねえわ。

『があああッ‼』

格闘家のダメージボイスに目を画面に戻すと、勝負は佳境を迎えていた。三分の一まで体力ゲージを減らした須崎さんに対し、イマリさんのキャラの体力は……ほぼゼロ。

弱パンチ一発でも、いや、ガードでダメージを軽減してもやられてしまう体力だ。そんな瀕死《ひんし》のイマリさんに対し、須崎さんに容赦の二文字はない。

複雑なコマンド入力を行うと、画面に女軍人の特殊カットインが入った。

十八連撃ものパンチとキックを浴びせる超必殺技の「殺劇武闘拳《さつげきぶとうけん》」が発動したのだ。

壁際《かべぎわ》に追い詰められていたイマリさんは、もはや回避も不可能。名勝負のフィナーレを飾るにふさわしい大技の炸裂《さくれつ》に、誰もが興奮でわきたった。

「イマリさ――」

思わず叫びそうになった、その瞬間だった。

カァアアン!!

と、硬質な音がゲーム内から響いた。超必殺技の初撃であるキックを、格闘家がノーダメージで弾《はじ》いたのだ。今のはガードでも、ましてや回避したわけでもない。

ブロッキング。

相手の攻撃が当たるタイミングに、あえて相手方向にレバーを倒すと、ノーダメージで攻撃を弾くことができる高等テクニックだ。

操作の性質上少しでもタイミングがずれたら即死という状況で、まったくの初見であるはずの大技を、イマリさんは知識と経験と勘と、そして尋常ではない反射神経でもって反応し、ブロッキングが成功するたびに青い閃光《せんこう》エフェクトが格闘家から煌《きら》びやかに放たれる!

背筋を伸ばし、胸を張って、最低限の指先の動きでレバー入力を行うその姿を見ていると、観客席からeスポーツの試合でも観戦しているような感覚になった。

――大切なんは、一歩足を踏み出してみる勇気。

その言葉を体現するかのようにイマリさんは一歩もひかず、相手へと踏み出し、すべての攻撃を捌《さば》ききった。大技を外し、隙だらけになった須崎さんの目が驚愕《きょうがく》に見開かれる。

あとはイマリさんがきっちり反撃を決めるだけだ。

「…………？」

しかし、イマリさんは背筋を伸ばして座ったまま、それ以上動かなくなった。

何事だろうと顔を覗き込んだ俺は、はっと息を呑《の》んだ。

「ね――」

最後までどっちに転ぶかわからなかった、高尾山での激戦。

勝敗をわけたのは、たった一つの要因だった。

「……寝てる」

イマリさんが、夜勤明けだったことだ。

ここまで一睡もせず山を登り、大酒をあおりながら激闘を演じた彼女は今――安らかな顔で寝落ちしていた。

須崎さんは一度目を閉じ、そして意を決してから、タン、とボタンを押下すると、格闘家が女軍人のパンチでふっ飛ばされ、ついに地面に倒れ伏した。

『ケー、オー！　ユー、ウィン!!』

ゲーム内と店内からどっと歓声があがった。

同時に、すべてを出しきった須崎さんは力なく筐体に額を打ちつけた。

「ちょ、大丈夫ですか」

「ハシビロっち……いや、違うか」

「須崎さん……？」

「コーダイ」

俺の下の名を口にしつつ、赤くなった額を上げた須崎さんは、

「君は、あたしのペットだから」

にへら、と最高の笑顔を浮かべてみせた。

それは、今まで毛嫌いしていた愛想笑いとはまったく違っていた。

確かな軸と信念に裏打ちされた女性の笑顔と、そして人権もへったくれもない容赦のない宣告に、俺は不覚にも、本当に不覚にも——胸を高鳴らせてしまった。

「ぐべら」

須崎さんは謎《なぞ》の断末魔を最後に再び筐体に突っ伏し、穏やかな寝息を立てはじめた。

観客たちによる拍手喝采の中、霧島さんがその体にジャケットを被《かぶ》せたので、俺は筐体にうつぶせになっていたイマリさんの体にカーディガンとコートを羽織らせた。

「いい勝負だったたな。君も少し休みなよ。空いてる席座っていいからさ」

「あ、はい。ありがとうございます」

霧島さんの行為に甘えて、筐体傍の座席に腰を下ろした。

須崎さんが勝ったことで富士山を見にいかずにすんだわけだが、嬉しさよりもドッと疲れが押し寄せて、冷たいテーブルにぼふんと頬を置いた。

登山客たちがひとり、また一人と店を出ていき、騒がしかった店内はガランと静かになった。

さっきまでいがみあっていたのが嘘のように、二人は仲良く寝息を重ねている。

こっちの気苦労も知らないで、とは思ったが、憤る体力も気力もない。

眠る二人に優しく毛布をかけるように、しゅんしゅんと石油ストーブが熱を発している。

子どもの頃、正月に親戚の家に集まった時もこんな感じだったな。

ストーブが効いた部屋でいとこ同士でゲームをして遊んで、疲れたらいつの間にかコタツで寝落ちしていて、つけっぱなしのゲームのＢＧＭが子守歌のように流れていて――

まぶたが徐々に重たくなっていく。

懐かしくてあたたかい情景を思い返しながら、すぅっと、意識が沈んでいった。


どれくらいの時間、そこで過ごしていただろうか。うつらうつらとしていた俺は、

「富士山が見えたぞぉ！」

突然の一声にハッと起き上がった。その呼びかけに店の外を見やると、登山客たちがぞろぞろと展望台を目指していた。

……富士山？　そういや、高尾山から見えるとか――

え、本当に見えるのか？

慌てて立ち上がって外に出ると、人の流れに乗って展望台に向かった。

既に夕暮れ時で、空気が鋭く冷たく、吐く息が白い。

展望台はさっきまでと違い、オレンジの光で染め上げられていた。そして――

「富士山だ」

山々の稜線《りょうせん》の向こう。さっきまで雲が覆っていた場所に、富士山が佇《たたず》んでいた。

既にその体は西日を背負い、暗いシルエットを落としているが、山肌にまとう雲は落日に照らされ、光の衣のように幻想的に揺らめいていた。

「いいダイヤモンド富士だね」

声に振り向くと、隣に須崎さんが立っていた。「くあ」と小さくあくびをひとつ。

「綺麗《きれい》でしょー。あたしが何度もこの山に登る理由」

日が完全に富士山に隠れ、店じまいとばかりに、夜空の銀幕がおろされていく。

気の早い星たちがぽつぽつと光りはじめた空に、一機の飛行機雲の筋が見えた。その飛行機雲はまるで、富士山へと降っていく流星のようだった。

そんな、出無精の俺でも夢心地になる光景が広がっているというのに、

「肝心な時になに寝落ちしてんだ、あの酔っ払い……」

「あはは、絶景を前にして言うセリフじゃないでしょー」

「だって、そもそもイマリさんが『富士山見たい』て言うから一緒に来たのに」

「確かにー」と須崎さんはくつくつ笑う。

「今日もここに来るまでめちゃくちゃでしたよ。目を離した隙にビール飲んでるし、こっちは金欠なのに高尾山まで連れて来られるし、『おもろい顔』とか言ってからかってくるし……」

俺は深いため息とともに柵に前のめりにもたれた。

「でも、一所懸命だったね」

俺の言葉を引き継いだ須崎さんは、柵に摑まって、ぐでーと空を仰ぎ見た。

「さっきも危なかったー。『アベⅡ』は、実家いたときから一人でずっと遊んでたから歴は長いんだけどさ、その差を今里先輩はものすんごい気迫で縮めてくるんだもん」

「それでも最終的には、超必殺技でトドメさす寸前までいけてたじゃないですか」

「あれは焦《あせ》って出しちゃっただけ。格ゲー上級者にあそこで超必は使っちゃだめだよ」

「そうなんですか？」

「あの必殺技はパターンを覚えればそんなに対処は難しくないんだよ。だけど今里先輩はほぼ未経験って言ってたし、それで油断しちゃった」

空を仰ぎ見ていた目を俺に向け、たらんと優しげにまなじりを緩めた。

「今日のはさ、お互い、いい加減な気持ちで臨んでできる試合じゃなかったよ」

今里さんに苦手意識を持つ須崎さんが、素直に称賛の言葉を口にしたことに驚く。

「先輩を起こしてきてあげたら？　せっかくの綺麗《きれい》な富士山、見せてあげないと」

もう一度、景色に目をやった。不自然なほど美しいオレンジと群青のグラデーションの空をバックに飛んでいた飛行機が、だんだんと異星にやってきた宇宙船にみえてきた。

その光景に、小田急のロマンスカーを「宇宙船」とたとえてはしゃいでいたイマリさんの顔を思い出す。知らない世界を知るのが好きな人だ。もしこの光景を見たら――

いったい、どんな顔をするだろうな。

「……いいんですか？　須崎さんが勝ったら下山する約束でしょ？」

「富士山見るくらいの時間はあるよー。あたしは勝負に勝てて満足だし」

それにさ、とずいと顔を近づけて、

「ここで見せとけば、『それじゃあ明日見にいくでー！』とか言い出さないでしょ」

どうやら須崎さんも相当イマリさんの生態をわかってきたようだ。にへら、といたずらじみて笑う須崎さんに、俺は共通の秘密ができた時の独特のくすぐったさを感じつつ、

「確かに」

と頷くと、須崎さんが目をパチクリとさせた。

「……なるほどね。それが先輩が言ってた『おもろい顔』かぁ」

表情を引き締めてみたが、手遅れだったようだ。

「そんなにふぬけた面をさらしてましたか？」

「どうだろうねぇー。ふーん、思ったより悪くはない、かもなぁ？」

ニヤニヤと覗きこんでくる須崎さん。それがうっとうしくて顔を背けた俺は、

「あ……」

展望台から離れた所で、俺たちをじっと見つめる小さな人影を見た。

「イマリさん？」

距離があるせいで、その表情ははっきりとは窺えない。

だけど、なんとなくだけど。

俺たちを見つめるその人は、寒さのせいなのか、肩を震わせているようにみえた。

しばらくすると彼女は踵《きびす》を返し、その場から立ち去っていった。

「ちょっと迎えにいってきます」

「う、うん」

不穏な気配を感じて駆け出した俺だったが、予想外に足が上がらなくなっていた。

体中がミシミシ鳴り、頭もぼんやりしている。今日一日の負荷が心身に相当きている。

「イマリさん！」

展望広場から少し坂道を下ったところで、イマリさんに追いついた。

呼び声にピクリと小さな肩が震えた。

「……なんや。須崎と一緒におったんとちゃうんか」

振り返ったイマリさんは、顔も声もすこぶる不機嫌だった。

「どこ行くつもりだったんですか？」

「ちょっとお化粧直しー。二人が仲良くしゃべってるとこ、邪魔すんのも悪いなーって」

「景色見てただけですって。そうそう、今ちょうど晴れてて、富士山が見えるんですよ！」

「ふーん。どうりで二人とも晴れ晴れした顔しとるなーと思ったら。うちが立ってた所からは見えへんかったし、知らんかったわー」

「……大丈夫ですか？　どこか体の調子でも悪かったり」

「体は元気やで。ハシビロのほうも元気そうでよかった」

「んなわけありますか。足がめちゃんこ痛いですし、このまま布団《ふとん》にダイブすれば秒で爆睡できる自信がありますよ」

「でも顔は晴れやかやで？　だってもう……、富士山見ても何ともなさそうやし」

「ん？　……あぁ。言われてみれば」

グラフィックチェックで繰り返し見ていたせいで、重度の苦手意識を持っていた富士山。

そういえばいつの間にか、何とも思わなくなっていたな。

イマリさんは「ショック療法」と言っていたが、まさか本当に効果があるとは。

ん？　いやいや、今は感慨に耽《ふけ》っている場合じゃないんだ。空はほとんど夜の色合いになっていて、あと少しでイマリさんが見たがっていた富士山も暗闇《くらやみ》に隠れてしまうだろう。

ここで見せておかないと、今度はどこまで連れて行かれるかわからないからな。

「そんなことより、イマリさんも早く富士山を見――」

「ほな帰ろっか」

「……え？」

「ハシビロが無事に富士山見られたことやし、さっさと帰るで」

イマリさんは清々しいほど朗らかに言った。

だがそのどこか突き放すような言い草に、戸惑いを隠せない。

せっかくここまで来て、いったい何を言い出すんだこの人は。

「帰るって……富士山を見たいって言ってたのはイマリさんでしょ」

早く展望台に行かないと、本当に富士山が見えなくなってしまうというのに。

あれは出無精の俺でも言葉を忘れて魅入ってしまった光景だった。だからきっと。

きっと、イマリさんも――

「ちゃう」とイマリさんはきっぱり否定する。

「ハシビロに富士山を見せたいって、うちはゆーてた」

「それは方便でしょ。いいかげん、俺をダシにしないでください」

「ハシビロも夜勤明けで疲れてるやろ。これ以上は悪いし、もう帰ろ」

「今更過ぎますよ。一目でいいからあの景色を見てくださいよ」

「だってうち、須崎に負けたやん！」

キッとイマリさんに睨まれ、俺は言葉に窮する。

「須崎に負けたらハシビロを解放する。そういう約束やったやろ？」

「でも、その須崎さんが言ってましたよ。いい景色だからイマリ先輩にも見せてあげたらどうかなー、って」

「――なんなん、それ」

返ってきたのは、今にも崩れそうな声だった。

「さっきまではあれだけ富士山見にいくの嫌がってたくせに」

「それは、そうでしたけど」

イマリさんはうつむくと、ぎゅっと両こぶしを握り締めた。

「……須崎の言うことやったら素直に聞くんやな」

「へ？」

「そうやってうちを引き留めてんのもほんまは、須崎のおるとこに戻りたいだけやろ？」

「――っ、勝手な解釈をしないでくださいよ！」

そのイマリさんの言葉が引き金だったかもしれない。

心の中でくすぶっていたものから、モヤモヤとした感情が生まれた。

「須崎は優秀やね。うちより格ゲー強いし、お酒も強かったし」

そのモヤモヤを刺激するように、イマリさんの言葉はとげとげしくて、

「結局ハシビロを楽しませてあげられたのも、うちやなくて須崎やった」

一人の女の子がただ、駄々をこねているようでもあって。

だからこそ……イラっときた。

「――楽しませるっていうのは、俺を強引に連れまわすってことですか？」

「え？」

夜勤疲れのせいなのか、登山のせいなのか、気疲れが限界に達していたせいなのか。

この時の俺の態度も、思い返せば投げやり気味だったことは否めない。

「金欠なのに余計な交通費も出すハメになって、富士山が見たいってしつこく言うから一緒にここまで来たのに、今度は見もせずに帰るって言い始めて」

モヤモヤが脳を包み、思考がぼんやりかすんでいく。

「ち、ちゃう。うちはほんまにただ、ハシビロに富士山を見せようと――」

感情の赴くままにイマリさんの言葉を「だから」と遮り、言った。

「俺は最初から富士山なんかどうでもいいんですよ」

何の気なしの一言だった。だが。

顔をひきつらせたまま固まっていたイマリさんの姿を見て、それがこの場の空気を劇的に変えてしまった一言だったことに、遅れて気がついた。

「………せや……ね」

イマリさんは力なく、ゆっくりとうなだれていく。

「どうでもいいことに部下を休日に連れ出して、負担かけて、上司として失格だね」

「……イマリさん？」

うなだれていたその人は、深い深呼吸をひとつする。

乱れていた髪に手ぐしをかけ、そして、おもむろに顔を上げた。

「橋広くん」

「は、はい」

俺の名を呼んだのは――今里さんだった。

こっちにまっすぐ向けられた鋭い眼差《まなざ》しに射すくめられる。

「もう『今里監査役』なんてふざけた役職、就かなくていいから」

「え――」

今里さんはいつも以上に無表情だった。

そこには明確な拒絶の意志があり、有無を言わさぬ圧力があった。

「もうやめよう」

「何を、ですか」

「一緒に出かけるのはやめにしましょう」

喉がひきつった。

「なん、で」と言葉がうまく出てこない。

「こんな私と一緒にいたって、楽しくないでしょ」

「そんなこと、ないです」

「嘘つき」と今里さんが珍しく笑った。だけど、

「楽しくないのに笑えるもんかって、いつも言ってるでしょ」

その笑顔は、俺が嫌いな、上っ面だけのものだった。

「今もちっとも、楽しそうな顔してないじゃん」

表情筋が極限まで断ち切られた仏頂面に、今里さんの細い人さし指が向けられた。

高尾山の冬の寒風が二人の間を駆けぬける。

その風は俺の仏頂面を凍《い》てつかせ、ますます不動のものとした。

ピーーーーーーーーーーーーーーーー……

重苦しい空気が漂っていた部屋に、甲高い電子音が響き渡った。

「あ……あ……」

その無情な響きは、確実に死が訪れたことを聞く者に告げる死神の声でもあった。

「残念ながら、ご臨終です」

「忠路《ただみち》ぃぃいいいいいい！」

画面の中で、忠路が立ったままピクリとも動かなくなっていた。操作をしていたスタッフはエラーを告げるビープ音に魂を吸い取られ、茫然《ぼうぜん》自失状態だ。

「はい、Ａバグが出ちゃったので、通しチェックは一旦《いったん》中断してくだっさーい」

灘《なだ》さんがオフィス中に呼びかけた。

「もう何度目だよー」「進行不能、どこで出たの？」「草津本陣」「あんなややこしいとこで？」

「こっちのグラフィック直ってないんだけど……」「それ仕様じゃなかったか？」

どよめきとため息が一気に満ち、スタッフたちの作業の手が止まる。

最終面の大坂城で、主人公を翻弄《ほんろう》してきた偽忠路こと「チュウジ」との最終決戦に臨んでいた俺《おれ》も、あともう一太刀というところでコントローラーを置いた。

「……あとちょっと、だったのにな」

「今、進行不能バグを出した人はそのまま再現性の確認」

管理席から指示が飛んだ。

いつもの数倍重く、硬い今里さんの声色が、胸の辺りにずしりとのしかかった。

「ある程度検証して再現性がなかったら、発生時の動画を添付して報告。他の人はバージョンが更新されるまでチェックを続けて。現時点で他に不具合がないか確認お願いします」

はーい……、と気だるげな声があちこちから返ってくる。

発売をいよいよ来月に迎えたゲーム『東海道忠』の開発は、最終盤を迎えていた。

作業も製品版バージョンでの通しチェックに入っていて、さまざまなプレイスタイルを試しながら実際にゲームをプレイし、不具合が出ないかの確認を行っていたところだった。

もし不具合が出てしまったら、バグが修正された新たなバージョンでの確認が必要になるため、今まで行っていた通しチェックは当然すべてやり直しとなる。

「これ無事に出るのかなー」

隣で須崎《すさき》さんがのんびりとコントローラーをいじりながら言った。

発売日はお年玉商戦を見据えたものとなっており、スケジュールはかつかつ。デバッグ業務を請け負うファーストホッパーも二十四時間三交代制は継続中だ。

「出る頃には子供たちのお年玉がすっからかんになっているかもな」

そう軽口を叩《たた》く灘さんも普段通りの顔だが、目の辺りがどんよりとしている。

『が、は、無念……！』

戦闘中にコントローラーを放置していたので、棒立ちだった忠路がチュウジに斬り殺されてしまった。ゲームオーバー画面に遷移し、リトライするか否かの選択肢が表示される。

目に疲れを感じた俺はちらりと管理席を見やる。そこでは眼鏡《めがね》をかけた今里《いまり》さんが、限りなく透明に近いブルーの瞳《ひとみ》を淡々とPCに向けていた。

高尾山の出来事から、もう一週間が過ぎようとしていた。

「コーダイ、お昼いかない？」

気になる箇所をチェックしていると、ポンと須崎さんが肩を叩いた。時刻は正午過ぎ。距離感がバグっているのはいつものことだが、今日はそのノリが少し煩《わずら》わしい。

「……すみません、遠慮しときます」

席を立ってその場を離れようとすると、「ダメ」と服を引っ張られた。

「コーダイ……それはダメだよ」

振り返ると、須崎さんが切なげな目で俺を見つめていた。

「須崎さん……」

「君に許された返事は、『ワン』だけだよ？」

「ワン」


「はッ⁉」

気づけば俺は須崎さんと並んでエレベーターを待っていた。

「ふふ……いい子」

須崎さんは満足げに俺の頭をゆっくり撫でている。

な、何が起こった。彼女の言葉にまったく逆らえなかったぞ。

およそ人権なぞ存在しない命令に、トクンと胸を高鳴らせてしまった。

もっと理不尽にしつけてほしいと願う自分がいた。

高尾山で須崎さんから「君はあたしのペット」という大胆な告白を受けて以来、どうやら俺は男としてさらなる高みへと登りつめてしまったらしい。

「逆に深みに嵌《は》められたんじゃないのか？　ガッチガチに地形チェックを済ませたダンジョンみたいな脱出不能な場所に」と瀕死《ひんし》の理性が訴えたが、聞かなかったことにした。

エレベーターに乗り込むと、須崎さんはようやく頭から手を離してくれた。

「そっちはお弁当ー？」

「作る時間なかったので、今日は外で買います」

「あたしお弁当取ってくるから、後で会社の前で集合ねー」

近所の弁当屋で昼食を購入した後、会社の前で須崎さんと落ち合い、国立競技場などがある運動公園にやってきた。

手頃なベンチに並んで腰を下ろし、須崎さんが早速弁当を開けた。

冷凍のから揚げとグラタン、プチトマトやブロッコリー、そして犬の顔の形で細のりが並べられたカラフルな須崎さんの弁当と対照的に、俺の弁当は白と茶色だった。

「うげ、それ『あぶら屋』の？」

「健康という概念を一旦《いったん》忘れたら、全然食べられますよ」

『あぶら屋』は個人の弁当屋で、チキンカツ弁当や生姜《しょうが》焼き弁当などが二百七十円という破格の値段で販売されている。しかもごはんは大盛り、カツは文庫本ぐらいの大きさがあり、懐《ふところ》事情に優しく、胃袋も満足させてくれる弁当屋として評判だ。

「それ脂と炭水化物セットじゃん。キャベツなんて水に戻す前の切り干し大根みたいだよ」

極限までコストを切り詰めたためか、内容はほぼご飯＋メインの肉オンリー。しかも原材料や衛生状態は徹底して秘匿されており、『今日のソースはレインボーだぜぇ』とバクバク食っていた先輩のヨシタケさんが、一週間ほど虹の彼方《かなた》へと旅立っていったこともあった。

「スタッフの男の子たちがニキビだらけなの、絶対それのせいだよー」

「ここの社員たちはそもそも徹底して不摂生です」

ガツガツとかきこむ。味はしっかりうまいのがニクイ。

「もー、おなか壊しても知らないよ」

スマホでキャラ弁の写真をバシャバシャ撮っていた須崎さん。そして箸を取り出すと、

「で？　高尾山で今里先輩と何があったのかな？」

いただきます、と手を合わせたまま俺を見た。

やはりそこが気になったか。

——高尾山で今里さんと気まずい空気になった直後、展望台から須崎さんが戻ってきた。

ケーブルカーの最終便の時間が迫っているということで、俺たちは慌てて駅へと向かい、どうにか最終便に乗り込むことができた。

『これ、迷惑料だから』

麓に戻ると、今里さんは俺たちに交通費を半ば強引に手渡し、タクシーを呼んで一人でさっさと帰っていった。

そうして解散から今に至るまで、俺と今里さんの間に不自然に会話がなかった様子は、当然須崎さんも疑問に思っていたことだろう。

俺は迷ったが、どうせ一人で悩んでいても答えはでないと思い、須崎さんに高尾山での今里さんとの会話の件を話した。未《いま》だ整理がつかない、モヤモヤとした今の気持ちも含めて。

あの時、決定的に空気を変えてしまった言葉については、はっきり覚えている。

『俺は最初から富士山なんかどうでもいいんですよ』

実際、富士山を見たがっていたのはイマリさんのほうだったし、俺自身は見られなくても別段よかった。……見られてよかったな、と思う景色ではあったが。

あの時、体力的にも精神的にも限界だったことは確かだ。

だがなぜあのような言い方をしてしまったのか。そもそもの話、イマリさんが『帰るで』と言った時に、余計なことを考えずにさっさと一緒に帰ればよかったのだ。

こうして振り返ってみても後悔しか出てこない。

聞き終えた須崎さんは「まったく」と呆《あき》れた声で言った。

まぁ、そうだろうな。女心がわからないから、変にこじれてしまったわけだし。

「わかる！　わかるよ！」

「……え？」

「散々酔って振り回されたあげく、目的を叶《かな》えてあげようとしたのに、『帰ろう』て言われたらそりゃ腹立つよねー！　コーダイの怒りは大いに正しい！」

怒り……？

俺が怒っている？　なぜ？　怒っていたのはイマリさんのほうだろう。

「で、これからどうするの？」

俺は重い頭を空に向けた。この辺りには青空を妨げるような高層ビルは少なく、雲が呑気《のんき》そうにドコモタワーの方へと流れていく。

「まずは、今里さんに謝ろうと思います」

「それは少々違うねぇ」

だが須崎さんはその答えをはっきり否定した。呆《ほう》ける俺の横で、のんびり浮かぶ雲を突き刺すような仕草《しぐさ》で、フォークをプラプラさせている。

「本当に今必要なのは、『ごめんなさい』なのかなぁ」

「え？　だってそうしないと、今後の仕事もやりづらくなりますし」

「コーダイさ、自分が何を謝るべきかはっきりわかってないんじゃない？」

「まあ……」

「それってさぁ、ただ単に自分が楽になりたいだけっしょ」

「――ッ」

「『ごめん』なんて、誠意と自己満足の風見鶏だからねー。意味なんてクルクルかわるよー」

「じゃあ、何を伝えればいいんですか」

「さぁなんだろ。あたしは今里先輩じゃないし」

素知らぬ顔でおかずをつつく須崎さんに腹が立った。

いや、須崎さんの言っている意味が全然理解できていない自分に腹が立ったのだ。

「……ていうか須崎さん的には、俺は落ち込んでる時の顔のほうがいいんでしょ。元気になるためのアドバイスなんてして大丈夫なんですか」

「好きなのは、はっさくみたいに落ち着いている顔であって、落ち込んでる顔じゃない」

須崎さんはスマホを取り出し、愛犬はっさくの澄まし顔の写真を見せびらかした。

「そしてあたしは、愛犬の落ち込んでいる顔を見たくはないのだ」

須崎さんとの昼食を終えると、会社に戻った俺はいつもの給湯室にぼんやり向かっていた。

「…………うん、仕事は順調だけど……」

しかし給湯室から聞こえてきた深刻な声に、手前で足を止めた。今里さんだ。

「……うん、うん」

おそらくスマホで誰《だれ》かと通話しているのだろう。家族だろうか？

「え、急に大阪帰ってこいって言われても」

「――!!」

「お父ちゃんの具合って……、いつもの痛風じゃないの？」

うん、うん、と相槌《あいづち》を一つうつたびに声の深刻さが増していく。

「だから今、仕事を抜けられないんだって」

怒気をはらんだ声にビクリと動いた俺の手が壁にぶつかり、鈍い音が響いた。

「……？」

今里さんがこちらを窺《うかが》う気配がする。俺は足音を全力で殺してその場を離れた。

とにかくこの場を離れること以外に、何も考えられなかった。


それは、終業時刻まで残り一時間を切った時に起こった。

ピーーーー！

作業者たちを絶望の淵に突き落とすビープ音が、また異常事態を告げた。

「誰だ？　どこだ？」

すぐさま灘さんが立ち上がって周囲を見回すが、みんな一様に目を見合わせるだけだ。

やがて、そろりと手が上がった。

「……わたしです」

今里さんだった。管理席でコントローラーを片手に固まっている。ブルーライトカットの眼鏡ごしの瞳は、いつもより青ざめてみえる。

一瞬呆気《あっけ》にとられた灘さんも、すぐさま管理席に向かう。

「……今里か？　場所は」

「桑名宿《くわなしゅく》です。画面が急に固まりました」

「録画データを見せてくれるか？」

「………ごめんなさい」

「え？」

「手隙《てすき》の時に何となくで起動してみたので、録画、忘れていました」

周囲がざわついた。録画ミスなど、今里さんらしくないミスだった。

「直前に何かしていたか？」

「してません。装備も道具も変わり種は持ってませんでした」

それでもベテラン二人は慌てることなく対処を進めていく。が、

「……だめだ、似たようなことをしても再現しないか」

大きな手がかりとなる録画データはなし、再現性もなしの最終盤におけるAバグ。考えうる限り最悪の状況に、オフィスの雰囲気が暗く重く沈んでいく。

「最悪人海戦術だな。今里はひとまずそのまま――」

「待ってください」

俺が挙げた手に、視線が一斉に集まった。

「桑名宿から渡り船に乗る際に、海の描写の不具合が要因でAバグが発生しています。修正されたみたいですけど、もしかしたらこのバグの再発じゃないですか？」

記されていた再現手順を実行すると、ビープ音が鳴り、画面が停止した。

「ふむ……原因がはっきりしているだけありがたい、か。ナイスだ、ハシビロ」

「いえ。今からバグ報告を書きますので、また確認お願いしますね」

ほっとみんなが息をつく一方、今里さんが俺をじっと見ていた気がするが、バグ報告に集中するフリをしてやり過ごしていた。

「引き継ぎ事項は以上です。それでは修正されたバージョンが焼き上がり次第、昼勤スタッフのみなさんはバグ修正チェックおよび通し作業をよろしくお願いします」

おつかれっしたー、と朝勤組と昼勤組が入れ替わり、何事もなく業務も引き継がれた。

時計を見ると、帰宅ラッシュまで全然余裕がある時間だ。今から電車に乗れば、楽々席に座れる。三交代制の数少ない利点だ。

「橋広《はしひろ》くん」

声をかけられたのは、エレベーターへと向かっている時だった。一瞬ためらったのちに振り返ると、伊達《だて》眼鏡を外し、帰り支度を整えた今里さんがいた。

「この後、時間ある？」

「今日はごめんなさい。助かった」

俺は今里さんに連れられて、新宿駅近くのカフェテラスに座っていた。

普段は死んでも注文することはない三百円超えのカップのコーヒーが、本物の香りを二人の間に漂わせている。

「たまたまあの場所でのバグの記憶があっただけですよ」

「それでも助かった。ありがとう。この前だって、タイトなスケジュールの中で、富士山のグラフィックチェックも無事に終わらせてくれたしね」

高尾山に行く遠因となったグラフィックチェックの話を振られ、内心ぎくりとする。あの作業のせいで俺の好物の大盛りそばが富士山に見えたのが、遠い昔のようだ。

「結局あのグラフィック変更で、大したバグが発生しなくてよかったです」

コーヒーは今里さんのおごりだが、俺は腕を組んだまま口をつけずにいた。

……ふたに開いた針の穴みたいな飲み口から、どうやって熱いコーヒーを飲めばいいか、皆目見当がつかなかったからだ。

「高尾山でのことも、ごめんね」

くそ、本当にここが飲み口なのか？

「私、また酔って橋広くんに迷惑かけちゃった」

「大丈夫ですよ、本当に全然気にしてないです」

「そう……」

わかったぞ、この穴は通気口で本当はフタを外して飲むのが正解なんだな。

――今里さん普通に口つけて飲んでるわ、うん。

覚悟を決めろ。手の感覚を頼りに残量を見極め、細かく息で冷ましながら口をつけたら、熱

「ッちゃあ!」

「あれ、中身お茶だった? 注文間違えてた? 店員、新人さんぽかったし」

「いえ、ちゃんとコーヒーです」

昏のひりつきを感じながらコーヒーを置いた。

飲み方云々《うんぬん》で気を紛らわせようとしたが、ごまかすのもそろそろ限界だった。

「あの、今里さん」

「んー?」

「高尾山の夜に俺、今里さんに失礼なことを言いました。ごめんなさい」

——本当に今必要なのは、「ごめんなさい」なのかなぁ。

須崎さんの言葉がよみがえったが、結局俺が口にしたのは、謝罪だった。

「謝ってばっかりだね、私たち」

あ、間違えた。

今里さんの諦《あきら》めたような声色で、俺は選択肢を誤ったことを感じ取った。

だけどもう戻れない。

「私って、ほんとバカな上司。仕事でもプライベートでも、後輩に迷惑かけてばっかし」

現実のどこを探したって「リトライ」のアイコンは浮かんでない。

「会社には例のアホな役職をなくすよう言っておいたから。だから、もう、気を使って私を無理に飲み会に誘ってくれなくていいから」

……なんだそれ。

「もう私に、構ってくれなくても、いい」

自分一人で勝手に完結しているような言い方に、腹の底がグラグラとしてくる。

「なんでそんな言い方するんですか」

隠しきれない苛立《いらだ》ちを敏感に察した今里さんが、キッと目を細めた。

「だって私と一緒にいても楽しくないんでしょ！」

「だから一言もそんなこと言ってないじゃないですか！」

「あ、あの～お客様ぁ」とおずおずと若い店員がやってきた。

「周りのお客様のご迷惑になりますので、もう少し」

「「あと少しで終わりますから！」」

「ひゃい！」と新人と思《おぼ》しき女の子が飛びあがった様に、俺と今里さんはハッとなり、先に落ち着きを取り戻した今里さんは、

「ごめんなさい。店員さん、追加で冷たいお茶もらえますか？」

「た、ただいま」

すぐさま店員が持ってきた冷茶のグラスを受け取ると、彼女はそれを一息で飲み干し、そし

て今里さんは——

「カアアアアアアアアァァァァァァ！」

イマリさんと、化した。

「え、は？　……ええ？」

わけがわからず戸惑っていると、店内から店長がすっ飛んできた。

「おい、間違ってハイボール持っていかなかったか？」

「ごごごめんなさい！」

慌てて新人と思しき店員が謝るが、今はそれどころじゃない。俺はこれまでで最大の怒気をはらんだイマリさんの目に、射すくめられていたからだ。だけど、

「……そもそもうちのせいやもん」

唐突に怒気を緩めたイマリさんから出てきたのは、弱々しい言葉だった。

「高尾山まで富士山見にいこうって言ったの、うちのせいやもん」

俺は疑問符を浮かべた。何の話をする気だ、いったい。

「富士山のグラフィックに変更が入った時、ハシビロにチェックお願いしたの、うちやもん」

「それがどうしたんです？」

「そのせいでハシビロが富士山苦手になった」

イマリさんが何を伝えたいのかわからない。

「別に富士山ぐらい苦手になっても……」

どうでもいい。思わずまたその一言を口にする前に、

「おそば」

イマリさんが涙目で言った。

「ハシビロが大好きな深大寺のおそば、富士山に見えて苦手て、ゆった」

「——あ」

その日の記憶が急速によみがえった。「ごはんをご馳走《ちそう》する」という今里さんの言葉に甘え、深大寺近くの馴染《なじ》みのそば屋に行った時。

好物のそばが富士山に見えたせいで箸が進まなかった俺は、何気なくこう言ったのだ。

『来月もこのそばを好きでいられるかな』と。

責任感の強い今里さんだ。自分のせいで、俺が好物を苦手になったと思ってしまったに違いない。だから綺麗《きれい》な富士山を見せて、苦手を克服させようとしたのだ。

その手段がたとえ無茶苦茶《むちゃくちゃ》であっても、だ。

だって今里さんがいつも厳しいのは……優しいからだ。

俺は、バカだ。

あの日、彼女はずっと言っていたじゃないか。

『ハシビロに富士山を見せる』て。

イマリさんは本音しか話さないって、わかっていたじゃないか。

俺はそれを勝手に曲解し、自分を振り回すイマリさんにイラついてすらいた。挙句に――

『富士山なんかどうでもいい』

何とかしようと彼女なりに行動し、俺のために須崎さんとも戦い、だけど得意なゲームで敗れ、消沈していたところに、平然とそんなことを言われたら、どう思うか。

「ハシビロは、うちが余計な気を回さんでも大丈夫やった。ちゃんと富士山を見せてあげられた須崎と違って、うちはただ……しんどい目に遭わせてもうただけやった」

イマリさんは本気で責任を感じていて、これ以上俺に負担をかけたくなくて、「はよ帰ろ」と気遣ってくれていたのに。俺はただ、理不尽に駄々をこねられたとしか思っていなかった。

なにが、失礼なことを言ってごめんなさい、だ。

自分を可愛《かわい》がるのも、たいがいにしろ。

「ハシビロも」

イマリさんが震える声で言った。

「こんなうちにはもう、ついてきたくないやろ？」

「はいストップ～」

突如割り込んできた声と手に、俺はぎこちない動きでその人の顔を見た。

「灘、さん」

いつの間に近くにいたのか、俺たちの間には須崎さんと灘さんが立っていた。

「何事かと思って声をかけてみたら……。まさかこんな駅前でラグナロクを始めるつもりか」

「……すみません」

「青春すんのもいいけど、ほどほどにだよ～」

「……る」

「え？」

「実家に帰る！」

イマリさんはきいいと歯をむくと、背を向けてつかつかと歩き出した。

「それだけはやめてくれ！　な、今から酒おごるから、な！」

慌ててイマリさんについていく灘さん。須崎さんはちらっと俺を窺《うかが》いながら、

「コーダイはついていかなくていいの？」

「俺は――」

先を歩くイマリさんは、こちらを一瞥《いちべつ》しようともしない。

「……行きたく、ないです」

「そか。不本意だけど、じゃあ今日はあたしがイマカンだね」

歩きだそうとした須崎さんは、「あ、忘れてた」とポーチから小さな封筒を取りだした。

「コーダイ、これ」

「何枚か現像しといたから」

「高尾山で霧島さんが撮ってくれたあたしたちの写真。何枚か現像しといたから」

「何で俺に……」

「まぁ、見てごらんよ」と須崎さんはニヤリとして、

「今里先輩が言う、『おもろい顔』がばっちり映ってるからさ」

手渡された封筒片手に立ち尽くす俺を残し、三人は去っていった。

その間、イマリさんは一言も発することはなかった。


高校の時、どえらい失恋を経験した。

恋のお相手は、誰にもで気さくに挨拶《あいさつ》をしていたクラスの女の子。はにかみ気味の笑顔は自分だけ特別に向けられているもんだと壮大な勘違いをした挙句、まともな準備も練度も整えないまま本丸への突撃を盛大にかました俺は、結果として壮絶な討《う》ち死《じ》にを遂げた。

つまり、告白してフラれたのである。

『顔が怖い』

というのが後に人づてに聞いた彼女の総評である。これだけならまだ立ち直れた。

『いつも暗くて何考えてるかわからないのが怖い。なんか将来……人でも殺しそう』

彼女のお眼鏡にかなうどころか色眼鏡で見られていた俺は、罪を犯す前から死刑宣告を受け

た心地になって、人知れず滂沱《ぼうだ》する日々が数カ月続いた。

そして、気づいたのだ。

彼女が見せてくれた笑顔も嘘《うそ》。他人が浮かべる笑顔は所詮《しょせん》すべて愛想笑い。

「何をしでかすかわからない」

そんな俺を刺激しないための防衛策なんだと、ようやく理解したのだ。

失恋の痛みがマシになった頃には、すっかり人の笑顔が苦手になっていた。

むしろ好都合だった。

そうして周りが薄っぺらい笑みで壁を作るなら、利用させてもらおう。

みんなが築いた壁の中でおとなしく過ごしてやろう。

せいぜい安心してくれ。俺はお前らの壁の中から、絶対に動くことはないから。

どうせ無理してその壁を突き破ったって、素敵《すてき》な世界があるとは思えない。

壁を抜けた先は、永遠の奈落かもしれないのだ。


「いややっぱり腹立つなあの小悪魔偽善者め」

乗客がまばらな京王線の電車の中で、失恋相手に小さく毒づいた。福が福を呼ぶというが、その逆もしかり。落ち込んだ時は、芋づる式でマイナスの記憶が出てくるわ出てくるわ。

偽善者といえば、今里さんも今里さんだ。

これ以上迷惑をかけたくないから、バカげた役職をなくすだと？

じゃあハナから「そんな役職やめろ」と言えよ。

そもそもだ。なんでこの世には酒なんてものがあるのだ。

酒さえなければ、今里さんは俺の憧《あこが》れのままでいてくれたんだ。

それをなんだ、あのイマリという奴は。

堅牢《けんろう》に築かれたはずの壁をあっさりすり抜けてくるわ、手を取ってあちこち連れ回すわ。

大酒飲みで、手前勝手で、傍若無人で、そして、

『おもろい顔！』

などと俺をからかう、濁りも影もない、あの陽《ひ》だまりみたいな笑顔。

こうもモヤモヤした気持ちになってしまうのは、どうしてなんだろう。

好きな人の笑顔を思い出して……腹が立ってしまうのは。

「なぁにがおもろい顔だ」

さっき須崎さんから渡された封筒を取りだした。高尾山で撮影したもので、「おもろい顔」とやらをしている俺の写真もあるそうな。

腹が立ったついでだ。どんなまぬけ面かちょいと見てやろう。

軽い気持ちで封筒から写真の束《たば》を引き抜き、パラパラとめくる。

謎《なぞ》の盆踊りを舞う筐体《きょうたい》の中のキャラクターたち、カメラにピースを向ける知らんおっさん

たち、筐体越しにバチバチ火花を飛ばすイマリさんと須崎さん。そして、その間に立つ俺は、

「え――」

『布田《ふだ》、布田です。お忘れ物のないようご注意ください』

気づけば電車が止まっていて、見慣れたホームが扉の外に広がっていた。

写真を慌ててしまい、電車を降りる。SF映画のセットのような地下ホームから階段を上がり、いつもの改札を抜け、いつもの地上ロータリーに出る。

都内だが周囲に高層ビルの類いが一切《いっさい》ない、いつもの近郊の街の風景だ。

ロータリーを出て正面の大通りを北に向かって歩く。歩けば、あとは六畳一間の家に着くだけだ。いつもの壁の中に戻るだけだ。なのに。

そのいつもの場所から好きな人の匂《にお》いと、声がよみがえった、気がした。

『橋広くんは、ここからいつも会社に来てるんだね』

――あれ？

ここってこんなにも。

寂《さび》しい、場所だったかな。

次の瞬間には頭が真っ白になり。

気づけば俺は、逆方向に走りだしていた。

大通りを駆け戻り、駅前を通過する。

駅前ロータリーから南へは一度も行ったことがなく、ほんの五十メートルも満たない距離を進んだだけで、そこはもう知らない街だった。

マンションやアパートが両脇《りょうわき》にひしめく、少し窮屈な大通りをどんどん南下する。

この道がどこに通じているかなんて知らない。とにかく足を前に動かしたくなった。

とにかく、「いつも」以外の場所に突然行ってみたくなったのだ。

だんだんと周りの建物の背が低くなっていく。まばらになっていく。

空の青さが増していく。

住宅街が途切れ、いきなり田んぼや畑が現れて驚いた。都心近郊の田んぼなんて、全部滅びたもんだと思いこんでいたが、こんなに近くに田んぼがあったなんて知らなかった。

そんな何でもない情景が、おかしく思えて、たまらない。

息が上がり、足もぼてぼてになりはてた頃に、巨大な河川敷に出た。

青空を仕切る高層ビルの類いはもはや一切なく、雲が自由に行き来するその下では、ゴウゴウと川が流れ、堤防沿いの遊歩道を老若男女が走ったり歩いたりしている。

河川敷の奥には何本も橋がかけられていて、そのうちの一本を京王電車がズレた音を響かせながらゆっくり通過していく。

ここが「多摩川」だということを、傍《そば》にあったハザードマップの看板を見て知った。

引っ越してきて相当経《た》つが、名の知れた川がこんなにも近くにあったなんて知らなかった。

東京の空がこんなにも広いのだということを、知ろうともしなかった。

空や川が、どこか遠いところから運んできた清涼な空気を全身に浴びせてくる。

汗が乾き、風邪をひきそうなほど冷えるのに、気持ちいいくらいに清々《すがすが》しい。

多摩川の対岸には瑞々《みずみず》しい丘陵が広がっていて、申し訳程度に電波塔や白い建物が突き刺さっている。観覧車やジェットコースターも見えるが、あれはどこの遊園地だろうか。

やがて気づく。

その遊園地の向こうに、お椀《わん》のようなものがそびえていることに。

いや、婉曲《えんきょく》な表現はよそう。

俺はほんの少し前に、その山を、もっと近くで見たのだから。

「――は」

富士山だった。

雪をまぶしたその山頂をひょっこりと覗《のぞ》かしている、富士山だった。

「はは」

バカみたいだ。

富士山を見にいくのに、わざわざ高尾山まで行かなくてよかったのだ。

「ははは」

いつもの場所からほんの少し南に歩いただけで見られたのだ。

こんなバカなことがあるもんか。

「あっはっはっは！」

たまらず笑ってしまった。人目も気にせず、腹を抱えて笑った。

声を上げて笑うだなんて何年ぶりだろう。もう、おかしくってたまらない。

「はっはっはっは――」

土手に腰を下ろし、そのままゴロンと大の字になった。

「はー……」

鞄《かばん》からさっきの写真を取りだした。パラパラとめくり、そのうちの一枚を引き抜いた。

格ゲー対決でバチバチと火花をぶつけるイマリさんと須崎さん。

その間に立っていた俺は――

笑っていた。

ぎこちなくて、頬もこわばっていて。なるほど。

イマリさんが……「おもろい顔」と、からかってくるわけだ。

でも笑っていた。俺は笑っていたんだ。

笑い方なんて忘れたとずっと思っていたのに。
これは俺流の愛想笑いだろうか？
バカ言うな。
大して要領もよくないのに、作り笑いなんてできるものか。
楽しくもないのに、笑えるもんか。
この時間は、イマリさんと過ごした時間は俺にとって、きっと——
「あ……」
そうか。今まで胸に抱えていたモヤモヤがわかった。
今里さんに対してなぜ理不尽に腹を立てていたのか、ようやくわかったのだ。
「バカだな。ほんとうに、バカだ」
なんてことはない。

俺は、拗《す》ねていたのだ。
高尾山で見たあの富士山を、イマリさんに見てほしかった。
自分が綺麗《きれい》だと思ったものを、好きな人にも知ってもらいたかった。
いや、正確にはそうじゃない。それだけじゃないんだ。

俺はただ、高尾山の展望台から見たあの光景を、イマリさんと一緒に見たかったんだ。

――楽しくもないのに、笑えるもんか。

その通りだ。

隣に今里さんがいてくれるから、俺は笑えるのだから。

俺は身を起こすと、寒さから心を守るように、その場でぎゅっと縮こまった。

「会いたい……」

心の底から、そう思った。

ぼんやり土手に佇《たたず》んだまま、どれだけ時間が過ぎただろうか。

不意にポケットのスマホが震え、パッと顔を上げた。とっくに日は沈み、富士山は夜闇《やあん》の向こうに消えていた。取り出したスマホの液晶には『灘さん』とあった。

「……はい」

『ハシビロか。まずいことになった』

「何かやばいバグでも見つかったんですか?」

『いやそうじゃない。……ある意味会社に関係はあるんだが――』

そうして灘さんは間を置いてから、

『今里が、退職届を出した』

「え――」

『大阪の両親に相談してくる、と言い残してな。止めようとしたが、』

「逃げられた」

『そうだ。店の角に座らせていたんだがな。ありゃ今度こそ壁をすり抜けやがったぜ』

必死に頭を状況についていかせようとするが、うまくいかない。

『退職届は受け取ったまま預かっている。正直今、今里に辞められたら……』

『コーダイ、ごめん～、イマカンを引き継いでいたのに～!』

電話の向こうで須崎さんの声が重なった。

『……ああ、そうか。今のお前はイマカンじゃなかったな。つい電話をかけちまった、すまん』

須崎さんも灘さんも、珍しく素直に謝罪を口にした。

いつもはちょっと、いや、だいぶうっとうしいなと感じさせられる二人。

だけど、そんな自由奔放で快活な彼らの声にも、仕事の疲れがじわじわと見えはじめていることくらい、鈍感な俺だって気づいている。

「……そうですよ。そんなふざけた役職、二度とごめんです」

俺はスマホを握る手に「でも」と力をこめた。

「やめるとは、一言も言っていません。これは俺の仕事です」


京王線で引き返し、新宿駅南口に着いた時には午後八時をとっくに回っていた。

改札を出ると、須崎さんがぴょんぴょんと跳ねていた。

「コーダイ〜」

「灘さんは？」

「もしかしたら荷造りしてるかもって、今里先輩の家に向かってるとこ」

妥当な判断だが、イマリさんが見つかる可能性は薄い気がした。

俺と別れた後、三人で飲みにいったのはいいものの、案の定イマリさんはコンプラきわっきわの発言をまき散らしながら大いに飲み、大いに暴《あば》れていたらしい。やがて酒の肴《さかな》は俺の悪口へと移り……そして、イマリさんの自己否定へと切り替わった。

最終的に「こんな役立たずは大阪に帰る」と退職届を灘さんの額に貼《は》りつけると、次の瞬間には影も形もなかったらしい。まったくなんてミラクルだ。選択肢が違ったなら、今ごろマジシャンとして大成し、さぞ動画サイトでその名を轟《とどろ》かせていたことだろう。

「動画チャンネルのタイトルは『今里マイの今宵《こよい》の酔いどれマジック』ですかね」

「よくわかんないけど、くだらない妄想してるんだろうなっていうのはよくわかるよ。おら、シャキッとせんかい、われ」

バシバシと頰をしばかれた心地よさに、疲労がたまった頭がわずかにすっきりした。

「もしかしたら、もう既に首都圏を出てしまったかもしれませんね」

イマリさんならそのまま成層圏からも脱出して、月でうさぎと一緒にシメの餅をついていたっておかしくない。重力と常識に魂をしばられた俺たちを見下ろし、モチモチと餅を頰張《ほおば》りながらほくそ笑んでいることだろう。くそ、いまいましい。

「そっちは連絡ついた？」

「さっきからラインでスタンプを送り続けてますよ。一秒間に十六個のペースで」

「あたしだったら電源切るなぁ」

「大阪に帰るなら、東京から新幹線ですかね？」

「そこの新宿バスタから夜行バスっていう手もあるよ」

くそ。なにが大阪に帰る、だ。ノーヒントに等しいじゃないか。

このまま野放しにするわけにもいかない。今里マイの旅上戸は常識が通用しない。呑気に待っていたら、今度のふれあい街歩きは南米ブエノスアイレスから生中継かもしれないのだ。

「でも、探すったって、あとは鬼電し続けるくらいしか……」

スマホをもう一度確認した俺は、新規メッセージが届いていることに気づいた。

「イマリさんからだ……」

「うそ、なんて?」

トーク画面を開く。俺が無数に送りつけた『シリーズ伊万里焼』のスタンプがずらりと並ぶ下に、イマリさんからの新規メッセージが二件。

『あえ』という支離滅裂な単語に、ピントが大いにボケた写真が添付されていた。

「なんすかこれ。酔っ払ってんすか」

「酔っ払ってんのよ」

取りあえず唯一のヒントである画像を拡大してみる。ブレて輪郭がはっきりとわからなかったが、赤レンガ壁の西洋風の建物が写っていた。

明らかに日本ぽくない建物に「すわ欧州進出か」と絶望すらおぼえたが、よくよく観察すると、その特徴的な丸い屋根には見覚えがあった。

そう、俺は上京してきた時にこの建物をはっきりと見ている。

「東京駅だ」

「じゃ、あたしは新幹線乗り場に行ってくるから!」

東京駅に着くなり券売機で入場券を買った須崎さんは、颯爽《さっそう》と新幹線乗り場に向かった。

俺はICをタッチして、在来線のホームへと向かう。

行くとしたら大阪方面か？　だけど同一方面だけでも東海道線、京浜東北線、山手線と乗り場が異なる。上京したての頃は、路線の違いがまったくわからなかったな。

今の時刻から在来線を乗り継いで大阪に向かうとは考えづらい。それならまだ須崎さんが向かった新幹線のほうが……と、当の本人からメッセージだ。

『新大阪行きの最終が出ちゃったよ～』

……これでもう大阪に直接向かう手だてはなくなった。東京駅にはもういないと考えるのが妥当だろう。くそ、入場券代返せ。

「一応ひと通り探してみるか」

片っ端から駅のホームに上っては下りてを繰り返す。

いない、いない、いない。――やっぱりもうどこかへ行ってしまったのか？

昼間の多摩川ランでとっくに限界を迎えていた足が悲鳴を上げている。それでも最後の力を振り絞って、東海道線のホームへと上がった。

結果は、やはりいなかった。

落胆しつつ俺はふと、ホームに止まっている妙な形の電車に目を留めた。

クリーム色を基調にしたその電車の上半分は赤色に塗られており、丸みを帯びた車体には、カプセルホテルのように区切られた部屋がずらりと暖色を灯《とも》して並んでいる。

物珍しさにぼんやり眺めていると、発車ベルが鳴って扉が閉まり、ゆっくりと動き出した。

この時ほど自分のバカさ加減と、うすのろっぷりを呪ったことはない。

『サンライズ出雲』と書かれた行き先表示が眼前を過ぎていき——

ラウンジ席のような空間に佇み、窓際で草餅をモチモチ頬張るイマリさんと目が合った。

お互いが「あ」という間に最後尾が通過し、電車は夜の中へと消え去っていった。

……あんの、おとぼけお騒がせ迷惑系泥酔モチモチ女……！

「イイマアアアリイイイイィィィイ！」

渾身《こんしん》の叫びに近くにいた駅員がびくりと肩を震わせた。俺は慌てて詰め寄り、

「今のサンライズ出雲ってどこに行くんですかっ？」

「え……出雲市駅ですよ。東海道線をずーっと西へ走って行く寝台特急なので」

寝台特急。世の中にはそんなものも存在したのか。

だが知ったところでもう遅い。出雲なんて、いったいどうやって向かえばいいんだ。

「……一応聞きますけど、もうあの列車には追いつけませんよね？」

俺の愚問に駅員は目をぱちくりさせると、

「いいえ、追いつけますすよ」

新幹線に乗れば、熱海駅で追いつける。

まさかの助言に従い、俺は東京駅のみどりの窓口にて発券手続きをしていた。

窓口担当者の人にあれこれ説明してもらいながら、東京から熱海までの新幹線、そして熱海からのサンライズ出雲の一番安い席を発券してもらう。

そして請求された値段に、ぐらりと目が回る。

万単位の数値なんて、久しぶりに見たぜ……。ここ最近夜勤や残業で臨時収入があったとはいえ、この光熱費高騰の時代に無事に冬を越せるかどうか非常に怪しくなる出費だ。

ちらっと時計を見る。……いや、もう迷っている時間もない。

俺は震える手でクレカを取り出したが、横から差し出された万札に押しのけられた。

「これで足りるかな？　あら足りない、ほーん」

灘さんが息を切らせながら、それでもいつもの陽気さを失わずに言った。

「じゃああたしからもー」

と須崎さんが残りの金額を出してくれた。

「灘さん……須崎さん……」

発券された紙切符を震える手で握りながら、満足げに頷《うなず》く二人を交互に見やる。

「あの、これ――」

「いつかお返ししますなんて言うなよ」

「でも」

「バーカ、気持ちよくおごってやった先輩のメンツをつぶすなよ」

「そのお金はね、これからできるコーダイの年下の後輩に返してあげたらいいんだよー」

須崎さんはおどけて指をチョキチョキさせている。

俺は再び切符を握る手に力をこめる。

今まで手放してきたもの、そして振り払ってきたものの分まで、しっかり掴《つか》むかのように。

「ありがとうございます、必ず止めてきます」

「止めたらちゃんと報告なー。録画と再現性チェックの取りこぼしはないように」

頷き、駆けだそうとした俺の背に、「ハシビロ！」と灘さんの力強い声がかかった。

「お前さ！　……領収書、もらってる？　会社の経費で出すからさ」

「……そんなこったろうと思いましたよッ！」

バッチーンと差し出された手に領収書を叩きつけた。「だひゃひゃひゃ！」と大爆笑する須崎さんを無視し、俺は改札をくぐり抜けた。気を許した俺がバカだった。

最高に腹が立つし、そして何よりも気に食わなかったのが。

領収書を叩きつけた時の仕草が、タッチを交わしたようにみえたことだ。

＊

「よかったのか、愛犬をあのまま行かせて」

愛しい飼い犬が駆けていくのを見送った後、灘さんが言った。コーダイがはっさくに似ていることは、夕方の三人での飲みの際に話していた。

「ベソかいて、クゥンクゥン落ち込まれるよりかはマシかなーって」

「次会う時は、今里とイイ感じになってるかもよ？」

「でもフラれて帰ってくることもありえますよね。だからその時は――」


数ヶ月前。いつものようにゲーセンで憂さ晴らしをした後、新宿駅近くの店で霧島さんたちと朝まで飲み、北口のライオン像の広場でのんびりだべっていた。

はっさくのキーホルダーを落としたことに気づいたのは、解散後に改札を通ろうとした時だ。慌ててライオン像まで戻って必死に探していたところに、コーダイが通りがかった。

事情を話すと、ほとんど面識なんてないはずの彼はためらいもなく『一緒に探しますよ』と言った。膝《ひざ》をつき、服が汚れるのも厭《いと》わず探す彼にさすがに申し訳なさを覚え、

『もういいよ、そのうち見つかるだろうから』

そう遠慮したあたしにコーダイは、

『それだとさみしいでしょ』

『私は大丈夫だって――』

『見つけてあげないと、はっさくがさみしがるでしょ』

彼は悲しい顔をしていた。今まで近寄りがたいと思っていた男の子が、こんな表情をしたことにあたしは少々びっくりしていた。

まぁ、本物の犬を探しているというコーダイの勘違いは、後で知ったのだけれど。あちこち探しまわってくれた時の必死な顔、散歩中の犬に吠えられた時の情けない顔、そして勘違いに気づいた時の、恥ずかしさでカァと顔を真っ赤《まっか》にしていく様子。そんな彼が死ぬほどおかしくて、私はつい笑ってしまった。お腹《なか》の底から笑えた。

高知から引っ越してきた時、東京はずいぶんさみしい街だと思った。あれだけ広々としていた空は高層ビルで歪《いびつ》に縁どられ、昼間だというのに街は妙に薄暗く、新宿駅では肩の置き場がないほど大勢の人々が行き交っているのに、誰一人交わらない。毎日たくさんの建物や人に囲まれながらも、どこか肌寒さを感じていたあたしは、久しぶりにはっさくのようにあたたかくて、素直な子と出会えた気がした。

しかもその子はあたしと同じように、知っていたのかもしれない。

ひとりぼっちはさみしいことなんだ、て。


「――だから帰ってきたその時は、がっちり首輪をつけて、よしよししてあげますよ」

「ほーん……」と灘さんはドン引きしたけど、あたしはいたって真面目《まじめ》だ。

その時は教えてあげたいんだ。それでも君はひとりじゃないんだよって。

肩に届くか届かないかくらいの髪を指先でいじりながら、私はこっそり付け加えた。

「あたしも、もう少々、髪の毛短くしてみようかな」

＊

俺が乗車した新幹線は東京駅を出て、何事もなく熱海駅に到着した。

在来線ホームへと移動し、寒さに震えながら立って待っていると、眩《まばゆ》い一対の目が近づいてきた。さっき別れの挨拶《あいさつ》を交わしたばかりのサンライズ出雲だ。

心臓が脈打つ俺の前でドアが開く。震える足で乗り込む。この胸の高鳴りは不安だろうか、緊張だろうか、それとも別の感情だろうか。

がくんと車体が震え、プィアアアと加速音を奏でながら電車が発車していく。

予約したのは寝台料金がいらない雑魚寝のスペースだった。乗客は寝転がってスマホをいじったり、申し訳程度のカーテンを閉じて早々に就寝したりと、思い思いの過ごし方をしているが、その中にイマリさんの姿はなく、俺は別の車両へと向かった。

寝台が並ぶ車両の廊下は動くホテルの中というより、映画で見た潜水艦の通路を思わせる狭さだ。思いのほか揺れる車内で、時折壁や扉に体をぶつけながらよちよちと進む。

据え付けられた椅子《いす》とテーブルが並ぶラウンジに出た。さっき東京駅でイマリさんを見つけた場所だが、そこにはもう彼女の姿はない。

「もう部屋の中に入ったのか……?」

まさかドアを一つひとつノックするわけにも、一晩中廊下をぶらつくわけにもいかない。途中駅のどこかで、イマリさんが気まぐれに降りてしまった可能性も捨てきれないのだ。

それでも震える息を整えながら足を動かす。それからいったいいくつ車両を渡り歩いただろうか。似たような景色の連続に、疲労で視界がぐにゃりとしはじめた。

よろめいた俺は一旦壁に体を預けた。重い。頭も、体も、心も。

――もう今日は横になって、探すのは明日にしようか。

どろんと溶けかけた瞳が、ふと、半開きになったドアを捉《とら》えた。

部屋の中は真っ暗だった。ヨロリと壁から体を離し、そのドアの前に立った。どうやらそこは縦に二つ並ぶ個室の二階部分で、ドアの内側には小さくて急な階段があった。

階段のすぐ上は一人用のベッドで、小柄な女性が一人、膝立ちになって窓に両手を添えて、虚空を眺めていた。

「……イマリさん?」

わずかに体を逸《そ》らして、彼女が振り返った。こっちを見下ろす流し目はトロンとしていて、少しはだけたスーツが、ぴっちりと彼女のS字のラインを際立《きわだ》たせていた。

「イマ――」

音もなく彼女が俺の腕を摑むと、寝台へと誘った。
パタンと、後ろでドアが閉まる音がした。

最終章　イマリさんと旅上戸

IMARISAN HA TABI JYOUGO

「何しにきたんや」

「脱獄犯の脱走を止めに」

「ふうん……監獄に戻らなあかんのはハシビロのほうに思えるけど？」

「あるいはそうかもしれません」

「……なぁ」

「はい」

「やっといてなんやけど、この状況しんどくないんか」

「ご褒美を苦しいと思う変態がどこにいますか」

俺《おれ》の顔面は今、閉じられたドアと、寝台からぞんざいに伸ばされたイマリさんの右足との間で板挟みになっていた。

方々を走り回り、高い金を支払った末に早速こんなウエルカムサービスを振る舞われるとは。まったく、俺は前世でどんな徳を積んだというんだ。さぞ高僧だったに違いない。

「ご褒美《ほうび》かぁ、おかしいなぁ、うちは侵入を許した変態を迎撃しとるはずなんやけどなぁ」

「いや、招き入れたのはそっちだと思――ぅぐおおお」

メリメリメリ……と素足がめりこんでくる。

「そ、そもそもヒントをＬＩＮＥでくれたのはイマリさんじゃないですか」

「ああ、これか？」

イマリさんが見せてきたスマホには、俺が無数に送りつけた『シリーズ伊万里焼』のスタンプで埋め尽くされたトーク画面が表示されている。

「人のＬＩＮＥで無許可で陶芸博覧会をおっぱじめた輩《やから》がおったからな、抗議したろと思ったんや。まさかその時のメッセージの送り損じで居場所を特定されるとは」

はぁ、とイマリさんがため息をつく。

「隙あらばうちのうなじをチラチラ覗《のぞ》く特殊な変態やと思っとったが、ここまでとはなぁ」

バカな、バレていただと……⁉

今里さんに勘づかれそうになった際は一フレーム以内に目を離していたというのに。

その刹那を見斬っていただなんて、もはや変態級の反応速度じゃないか。

「まったく、イマリさんはとんだ変態ですね――痛い痛い痛い！　もげる、鼻がもげる‼」

いかん、彼女のおみ足から漂うボンレスな香薫を味わう器官を失うわけにはいかない。

「変態は、お前、やろ！」

「変態だからですよ」

俺の顔をゲシゲシと踏んづけるイマリさんの足がピタリと止まった。

「どれだけ振り回されても、わけのわからない場所に突然連れて行かれても、それでも
これだけは一切《いっさい》のおふざけなく、伝えることに決めていた。

「ついていきたいんです」

イマリさんの足が俺の頭からずり落ち、顔にはっきりと当惑の色を浮かべている。

俺はトンと階段を一段踏む。

「仕事を辞めるのは、俺に迷惑をかけたと思ったからですか」

「……せや。どうせ今も会社からの命令で追いかけてきたんやろ。しつこいやっちゃ」

「なら何で最初から俺が『イマカン』に就くことを拒絶しなかったんですか?」

「――ッ」

返事に窮したイマリさんに向かって、また階段を一段踏む。

「なんで勝手に迷惑だとか決めつけて、俺の気持ちを聞いてくれないんです?」

「き、もち?」

最後の一段を上がり、寝台の上でどかんとあぐらをかいた。

「俺はイマリさんと一緒にいる時間だけは、『おもろい顔』ができるんですよ?」

意識して笑ってみた。慣れない動きにピクピクあちこちの筋肉がけいれんしたが、たとえ
無様《ぶざま》な顔であっても表情は崩さない。

旅上戸のイマリさんが見つけてくれたものを、俺は絶対に手放さない。

「イマリさんと旅をして俺も、『知らない世界』を知ることができたんです。だから」

迷惑だなんて言わ——

「悪いけど、うちの気持ちは変わらんから」

俺の訴えは、イマリさんの強い意志にかき消された。

「今回は実家に大阪に帰る話をしにいくだけや。今のタイトルをきちんと終わらせるまでは東京にいるから、それでええやろ」

「嫌ですよ」

「しつこいな」

「知らないんですか。変態はしつこいんですよ」

「わーっとる。実力のある変態はさらに厄介やいうことも」

せやから、とイマリさんは真顔で言った。

「うちも実力で阻止させてもらう」

寝台の脇《わき》に置かれたカバンから、タブレットのようなものが取り出された。

「ここまで来てくれた意志を尊重して、全力で相手するわ」

俺たちの間にドンと置かれたのは、最新ゲーム機のスミッチだった。

タブレットサイズの画面にコントローラーが二ついた、据え置き器としても携帯器としても遊べる傑作ハードだ。

「うちと、ゲームで勝負しよ」

ビリビリッと、大型肉食獣のような気迫がその小さな体から放たれた。

これまでのアナログによる札取りゲームでも、不慣れな筐体《きょうたい》の格ゲー勝負とも違う。

確かな腕前を持つスタッフが集うファーストホッパーにおいてなお、頂点に君臨するイマリさんが、正真正銘、本領を発揮できるビデオゲームだ。

「もちろんこの勝負に、拒否権はなし」

正直、ゲームなんてプライベートでは滅多にしない俺にとって、億に一つの勝ち目もない。

だが。

「委細、承知仕《つかまつ》った」

「武士に二言は？」

「なし」

武士には、負けるとわかっていても、挑まねばならぬ時があるのだ。

イマリさんによってゲーム機の電源が入れられた。

ソフトは……予想はしていたが、イマリさんの一番得意なハリマオカートだった。

ちなみに俺がハリマオカートシリーズで最後にまともに遊んだのは、幼少期に『スーハミ』という古いゲーム機でプレイしたのが最後だ。

最新版のスミッチでは、休憩室に置いてあったのを十分くらい遊んだにすぎない。

キャラおよびカート選択が終わると、定められた四つのコースを走って総合順位を決める、グランプリモードが始まった。

最初はシンプルなサーキットコースだ。俺が選んだキャラは、二頭身で頭にターバンを巻いた、軽量級のピノ。イマリさんは重量級のカメの怪物コッパを選んだ。

レース開始画面に遷移し、俺は精神を集中する。

カウントが始まる。
3、2、1……スタート!
『バフゥン!』

ボタンを押すタイミングを間違えてスタートダッシュに失敗した俺のピノが、盛大なエンストをかました。一方のイマリさんのコッパは、もう背中すら見えない。

「イマリさん」

「何?」

「武士は食わねど二枚舌って、ことわざにありますよね」

「そんな外交手腕に長《た》けてそうな武士、知らんな」

やり直したい意思を遠回しに伝えたが、一蹴されてしまった。

泣く泣くゲームを再開したら一レース目は最下位に終わった。

「うちとの勝負どころかコンピューターに負けとるやん」

「昨今のＡＩの発展は素晴らしいですからね。囲碁や将棋で人が勝てないのと同じですよ」

「勝負は詰んでるっていう意味で？」

「なあに、これからですよ。武士は勝たねど皮算用てね」

「そんな姑息《こそく》な武士も知らんな」

皮算用なんてしなくても、もう既に二レース目を終えた時点で勝敗は明らかだった。

イマリさんはライン取りや駆け引きを寸分も誤ることなく、最後のコースに至っては、この俺に一周差すらつけてフィニッシュした。

今までの対決と比較したら、信じられないほどあっさりとした幕引きだった。

ああ、終わった。

俺は下から三番目の順位でゴールした。接戦どころか入賞すらしていなかった。画面ではコッパが延々とウイニングランを繰り返している。俺はイマリさんの方を向くと、

「……本当に全力で相手してくれなくてもいいじゃないですか」

ガチで半泣きになりながら訴えた。

「ごめん、ここまでヘチャやとは思わんかった」

「下手って言った！　下手って言った！」

「あーもう泣かんときぃな」

メソメソと目をこする俺。やれやれとイマリさんはため息をついていたが、

「……まぁ、到着までにはまだまだ時間あるか……」

そうして何やらぶつぶつと唸《うな》っていた後、

「ほら、持って」

と俺にコントローラーを押しつけてきた。

「最後のレクチャー。到着までに、うちが直々に教えたるわ。な？」


それからはずっと、イマリさんからハリマオカートの手ほどきを受けていた。

スタートダッシュのタイミングを学び、ドリフトターボの初歩的な技術からタイミングまでをきっちり指導してもらい、実戦でCPUに抜かれるたびにボコスカ殴られた。

寝台は人一人が寝られるだけのスペースしかない。

だから電車が揺れるたびに、隣に並ぶイマリさんの柔らかい肩や二の腕が何度もぶつかって、ドキッとして、ミスをして、またポコンと叩《たた》かれた。

時に俺が派手なミスり方をすると大笑いし、ミラクルな大逆転劇をしてみせると、自分のことのようにガッツポーズをきめた。

俺も一緒になって笑い、時々、ハイタッチを交わした。

この個室のスペースは寝台で占められており、二階部屋のおかげか、窓は天井《てんじょう》まで達する

大きなものだった。なので今みたいに電気を消していると、普通の電車では決して見ることのできない星々の輝きを見ることだってできた。

家の屋根裏につくられた子供部屋みたいな場所で、二十歳前後の男女二人が一つのベッドで肩を寄せ合い、クスクスと声を潜め、ゲームに興じている。

俺は一人っ子だから経験はないが、就寝時間に親に隠れてゲームをする姉弟って、こういう感じなのだろうか。

この電車は、目的地まで長い旅路を辿《たど》るはずだ。でもいつかは必ず終点に到着する。

どんな楽しい旅だって、最後は少し寂《さび》しいのだ。

だから、せめて願うだけだったらいいだろう。

『こういう時間がずっといつまでも続いてくれますように』て。

それから何時間も同じゲームで過ごし、最後にはイマリさんが、ネットでも再現は難しいと言われるショートカットを数十回のトライの末に三周連続で決めてみせた。

「すっげぇ！　超鮮やかでしたよ、今の動き」

「せやろ！」

とイマリさんが今宵《こよい》一番の笑顔でガッツポーズを決めると、ハタと俺と目が合った。

ガタン、と大きく電車が揺れた。

その拍子に、イマリさんの頭が俺の肩にぶつかった。

「……ああ、ごめん」

そう謝るイマリさんだが、一向に俺の肩から頭を動かす気配はない。

もう歩き疲れた、とばかりに彼女の頭は重く、深く、どろんと肩に沈んでくる。

タタンタタンという少し不規則な電車の響きが、俺の心音と重なる。

「なあ、ハシビロはさ……プロゲーマーって知っとる？」

プロゲーマー？　唐突に何なんだろう。

「知ってますよ。プロスポーツみたいにスポンサーがついて、ゲームをする人たちでしょ？」

「うちな……会社入る前は、『それ』やってん」

唐突なイマリさんの独白に、すぐには言葉を返すことができなかった。

今里さんとプロゲーマー。

バリバリの仕事人の彼女の姿からは想像もつかない組み合わせだ。だけど行動を共にし、今里さんの色んな一面を知るようになった今では、不思議なほど違和感をおぼえない。

「子どもの頃から、人の輪に入れんくて、ゲームばっかりしてた。『マイちゃんの顔怖い』てよう言われて、友達がなかなかできひんかってん」

目を丸くした俺をどう思ったのか、「……引いた？」と不安げに訊《き》かれた。

「……いいえ。俺も、一緒だったんで」

俺はたどたどしく答えた。

「『怖い』て言われて避けられて、友達なんて全然いませんでした」

イマリさんが、はっと顔を離した。そしてしばらく驚いた目で俺を見つめた後、

「えへへー、おんなじ」

ふわっ、と笑った。

この瞬間のイマリさんは、頼れる先輩の顔でもなく、酔っ払いの顔でもなく――

ただの、女の子の顔をしていた。

「おんなじ。うちら、おんなじやなぁ」と、頭で俺の肩をウリウリとしてくる。そのたびにさらさらの髪からふわりと甘い香りが立ち昇ってくる。

「……あの頃は現実がおもんなかったけど」

そのままピタリと頭をくっつけ、訥々《とつとつ》と語りだした。

「自分の知らん世界を見せてくれるゲームは楽しかった。ゲームさえあれば、うちは現実でも知らん世界を見られるかもって思った。それがプロになったきっかけ」

「どうりで、ゲームがめちゃくちゃ強いわけです」

「プロの世界では通用せえへんかったけどな。チームに所属してたうちは、表彰台とか、海外の大きな舞台に立った時の景色を一度でいいから見てみたくて、みんなと努力しようとした」

「……そのチームはどうなったんです？」

「誰《だれ》も、ついてきてくれへんかった」

無言で頷《うなず》かれ、肩がくすぐったかった。

「最初から目指す方向が違ってた。他のみんなは過酷な勝負やなくて、動画サイトでワイワイ実況できたらええと思ってたみたい。うちはそんなことに気づかんと一人で突っ走って、いつの間にか、周りには誰もおらへんかった。その瞬間、なんか全部どうでもよくなって」

だからもうやめた、とかすれる声で付け加えた。

「それでも未練があったんかな。ゲームに携わる仕事は続けたくて、今の会社に入った。デバッグなら、競争も高い目標もない環境でゲームに触れられるかなーって」

イマリさんが投げやりぎみに笑う。

「人間追い詰められたら何とかなるもんやね。がむしゃらに頑張っているうちに正社員にはなれたけど、……人から怖がられるのは相変わらずやな」

唐突に肩から重みがなくなり、フニ、と頰《ほお》を突かれた。びっくりして飛びのくと、フフ、とイマリさんがいたずらじみた笑みを浮かべていた。

「せやけど何でそんなうちが、この前の飲み会に顔出したかわかる？」

この前の飲み会……。初めてイマリさんの旅上戸を知った、あの日のことだ。

「ビールが飲みたかったからじゃないんですか？」

イマリさんはぷくりと頰を膨らませると、唐突にその頰を近づけてきて、

「ハシビロが誘ってくれたから」

お互いの肌のうぶ毛同士がくすぐりあう距離で、ささやかれた。

こちらが何かを言い返す前に、パッとイマリさんの顔が離れる。

「人数合わせとか関係なしに誘ってくれたのは、ハシビロが初めてやった。あのアホな役職のことも、ほんまはちょっと……ちょっとだけやで？　その……嬉《うれ》しかったし。お酒飲んだ拍子に突っ走ってしまううちなんかに、ついて来るもの好きがおるんやなーって」

イマリさんが照れくさそうに言って、そしてうつむいた。

「でもその甘えのせいで、また迷惑をかけてしもた。せやから……会社辞める。お父ちゃん、体の調子が最近あんまようないみたいやし、まぁ、実家に戻るにもええ機会かなーって」

「……」

「自分の好きなことに突っ走るのはもうやめるだけ。ハシビロは何も悪くないから」

イマリさんは笑っていたが、それは何かを堪《こら》えるための愛想笑いだった。

俺の、嫌いな笑顔だった。

しばらくして電車は大きな駅を通過していった。京都駅だ。

「……大阪まであと少しや」

その言葉の通り、やがて電車は淀川《よどがわ》の鉄橋を渡り始めた。進行方向の対岸には、大阪キタの高層ビル群の赤色灯や窓のまばらな明かりが、夜闇《やあん》の中で蛍のように明滅していた。

忘れかけていたが、俺は賭《か》けに負けたのだ。

大阪に帰るイマリさんを引き留める権利は、もちろんない。

電車が川を渡り終える頃には身支度を整え、二人で乗降口の前に移動していた。

「勝負の結果やしな。悪く思わんといてや」

「俺だって武士の端くれです。結果は潔く受け止めます」

「いや、武士ちゃうやろ、うちら」

最後までツッコミを欠かさない人だった。

電車はゆっくりと大阪駅のホームへと入線していき、薄暗いホームに停車した。

「ほな、ね」

奇《く》しくもここ大阪は、デバッグ中のゲーム『東海道忠』で主人公・忠路《ただみち》が最後に辿《たど》り着く地でもあった。宿敵・チュウジに挑む忠路のようにきっと、イマリさんは今からひとまずの決着をつけにいくつもりなのだろう。

そんな彼女の第一歩は、

「……あれ？」

いつまで経《た》っても開かない自動ドアに阻《はば》まれていた。

しびれを切らし、取っ手をつかんでガッ、ガッと引いてみるがビクともしない。

「は、え、ちょ……ッ」

そして電車は再び動き出し、出雲の地へと向かいはじめた。交代を終えたと思しき乗務員だけが立つホームが後方へと過ぎ去っていく。

イマリさんはそれを、釣り上げられた魚のような目で見つめていた。

「……ぶっ」

だめだ。その顔でいよいよ俺は、耐えきれずに噴き出した。

グギギとイマリさんの首がこっちを向き、

「どーゆーこっちゃー」

と怨嗟《えんさ》の声を漏《も》らす。

「あのね、イマリさん」

俺は震える声で種明かしをした。

「東京発のサンライズ出雲は、大阪に止まらないんですよ」

これは東京駅のみどりの窓口で、サンライズ出雲の大阪までの切符を買おうとした時に、困惑されながら教えてもらったことだ。

「出雲市駅発の上りなら大阪に止まりますが、東京駅発の下りは止まりません」と。

それを知った時に思った。

あの女、ぜってぇ変な切符の買い方したな、と。

「駅の窓口で、関西方面に向かう電車があるって聞いたから、乗ってみたんや」

件《くだん》の女は、呆《あき》れた言い訳をしていた。

「ふつう、切符買う時に気づくでしょ。どんな買い方したんです」

「……酔いにまかせて『いっちゃん遠いとこまで頼む』と注文したのは覚えてる」

「そんなバブリーな買い方しないでって、前にも言ったでしょ」

あんた小田急でロマンスカーの切符買う時も同じこと言ってただろ。

イマリさんは青い顔で震えていたが、やがて何かに気づき、俺を見上げた。

「じゃあうちとの勝負は……」

「たとえプレーヤーが勝利しても、その先に進めなければ意味がないですからね」

ボス戦に勝利しても「画面が遷移する」「次のステージへの扉が開く」などの処理がきっちり行われないと、プレーヤーは延々と同じ空間をさまよい続けることになる。

いわゆる「詰み」の状態。進行不能バグの発生である。

なので俺は安心してイマリさんとの時間を堪能させてもらった。どんな勝負であろうと、たとえイマリさんが勝利しようとも、次のステージには進めない仕様になっていたのだから。

「伊達に会社で『不動明王』というイタい二つ名を賜ってませんから」

イマリさんが、どんな壁も突破してみせる脱獄王だとするのなら。

「俺はどんな手を使ってでも行く手を阻んでみせますよ」

バス、とみぞおちに一発喰《く》らって「ふぐぅ」と声を漏らした。

「魔王かお前は！　ハシビロが直接なんかしたわけでもないのに」

「でもそんな俺のことを、イマリさんは『ハシビロ』て呼んでくれるんですよね？」

「へ？」

「箱根で教えてくれたじゃないですか。ゲームで進行不能バグを見つけられるのは、俺の武器なんだって。イマリさんが旅をしてくれたおかげですよ」

「なに、が」

「俺は自分の欠点が個性だって、ちょっとだけ、思えるようになったんです」

「ちゃう……ちゃうねん。うちは、うちは」

「『突っ走ったら、誰もついてこなくなった』でしたっけ」

「うん？」

知らない世界を知りたくて、プロゲーマーの道を突っ走ろうとしたら、今里さんは独りになった。その時のさみしさは嫌でもわかる。そして新たに現実での「旅」の面白《おもしろ》さを知った時も、突っ走るとまた周りに迷惑をかけると思って、旅に出たい気持ちを封印した。

だけど、時に人の本音と本性を引き出してしまうのが酒である。

泣き上戸の人が泣くように。笑い上戸の人が笑うように。

旅上戸の今里さんにとっては、きっとそれが「旅」なのだろう。

それでも優しい今里さんは、俺を苦しめないためにと本音を封じ込めようとしている。

でも、困る。

「イマリさん、旅を続けてください」

それは困るのだ。

「俺は、楽しい時は笑える人間なんです」

その時の俺は、今度こそ自然に、「おもろい顔」を浮かべられた自信があった。

「イマリさんが旅をしている間だけ、俺はこうして笑えるんですから」

俺を見上げるイマリさんは、グッと唇を引き結んでいた。

何かをかみ殺すように。堪えるように。やがてその双眸《そうぼう》がじわりと滲《にじ》みだし、

「………アホ」

ぼすん、と今度はみぞおちに栗色の頭を突っ込んできた。

「ほんまに、アホ」

そうやって妙なくっつき方をされて、どれだけ経ったろうか。

イマリさんはそっと俺から距離を取って、言った。

「汗臭くて、ごめん。シャワー浴びてくるわ」

＊

熱いシャワーを浴びている最中に、意識が一時的にアルコールと離れた気がした。ガタンゴトンと、列車が激しく揺れている。

公共の交通機関の中で素っ裸になっているなんて、変な気分だ。

シャワーの使用時間の表記は五分を切っている。早く浴びてしまわねばと思いつつも、私の頭は「彼」のことでいっぱいだった。

入社して間もなかった彼が、ある時私のチームで大きなミスをやらかした。明らかな焦《あせ》りがあったし、その姿がプロゲーマーを辞めてくさくさしていた自分と重なったのを覚えている。

『うぬぼれないで』

彼と一緒に上司に頭を下げたことは気にしていない。ただ自分を重ねすぎたせいか、その後の彼への叱責《しっせき》が、突き放すような言い方になってしまったのは今でも悔やんでいる。

この会社でもこうして私の周りから人が離れていくんだろうなー、と自嘲した時だった。

『あの、今里さん！』

叱責《しっせき》を受けたばかりの彼が、紅潮した顔で私を呼び止めた。

『……ゲームを、教えてくれませんか？』

私は「はい？」と露骨に顔をしかめていたと思う。それでも彼は食い下がった。

曰《いわ》く、『今の担当タイトルに類似したアクションゲームの基本的な操作や、バグの傾向を学びたい』と。ほんの数分前まで、私と同じくらい死んだ目をしていたのに、急に何かに目覚めたように、その表情は乏しいながら恍惚《こうこつ》としていた。

結局押し負けた私は、その日の作業後に休憩室のハードを使ってレクチャーを施した。

といってもそんな大層なことじゃなくて、傍《はた》から見たら、ただ単に姉弟がゲームで遊んでいるような光景に思えたことだろう。

ただし指導は容赦しなかった。私なら嫌気がさしてギブアップする教え方であっても、厳しければ厳しいほど彼はむしろ元気になっていた気がする。

最終的に『今日はここまででいい？』と音を上げたのは、私が先だった。

彼はコントローラーを持ったまましばらくぼおっとしていた。そして先に部屋から出ていこうとした私を『今里さん』と呼び止めた彼は、

『ゲームって、こんなに楽しかったんですね』

「今里さんが旅をしている間だけ笑える」と言った彼は、今も気づいていないだろう。

この時すでに、彼は「おもろい顔」をしていたことに。

最初バグかと思った。仏頂面オンリーの彼がこんな顔をするとは思わなかったからだ。

そして彼の笑顔を見た瞬間——今まで誰にも向けてもらえなかった顔を見せられた瞬間——

とくん、と私の心が妙な挙動を見せた。


最初バグかと思った。何かの不具合だったなら、確かめずにはいられない。

デバッグのチャンスは早速箱根の旅で巡ってきた。彼がまた「おもろい顔」を見せたのだ。

これでまず彼の笑顔に再現性があることがわかった。

それからしばらくして「イマカン」というけったいな役職に彼が就いたことも知った。これは追加の検証の口実にぴったりだなと思い、早速活用させてもらった。

高尾山に行ったのは「富士山へのトラウマを克服するため」という口実だったが、なんてことはない。感動するような景色を前にすれば、彼の「おもろい顔」がまた見られるのではないかという単なる下心にすぎなかったのだ。

さて。なら、私のほうはどうなのだろう？

大多数が知らない顔を彼が見せてくれるたびに、妙な挙動をする私の心は何？

適温のシャワーを浴びながら、ぎゅっと胸に手をあてた。

知りたい。この不具合の正体を。

知らない世界を知ってみたいのが私の性分なんだ。確かめてみないと気が済まない。

──よし。もう少し、「デバッグ」をしてやろう。

そして一点だけ。……とっちめてやりたいことがあるのだ。

そこまでふわふわ考えていたら、次第に意識が再びアルコールと混ざりあっていった。

＊

イマリさんが出て行ってから数分後、個室のドアが再び開けられた。

「お待たせ」

寝台に座りながら夜景を眺めていた俺は、振り返るなり、ぎょっとした。

イマリさんは、部屋に備え付けのパジャマに着替えていた。

「よ、と」

十分に乾ききっていない艶《つや》やかな髪を揺らしながら、急な階段を上がってくる。

前かがみになるので、俺の目はどうしてもその隙だらけの谷間に吸い寄せられてしまった。

そして一フレームの動きに反応できるイマリさんが、その隙を見逃すはずがなかった。

イマリさんは慌ててパジャマの襟《えり》を引き寄せ、ジトリと俺をにらんだ後、

「ふーん」

ぎし……と寝台をきしませ、湿気まじりのいい香りを体中から漂わせながら、つんつんと俺

の頬をつついてきた。

「堅物のハシビロくんは、こうして女の子と二人きりになったことはないんかな。んー？」

「ぐ、別に、今までまったく女の子と関《かか》わりがなかったわけじゃありませんよ」

「……へえ、彼女でもおったん？」

「ごめんなさい見栄《みえ》はりました。告白を一度しただけです」

苦し紛れに言った一言だったが、意外にも効果はあったようだ。

「嘘《うそ》！」とそこからさらに距離を縮めてきた。

「どうなったん？」

「ふ、フラれましたよ！　悪いですか！」

イマリさんはゆるりと離れ、「ふーん」とニヨニヨした。

「堅物やと思っとったけど、人並みに女子に興味はあるねんなぁ」

俺は苦々しく歯を食いしばったまま目を背《そむ》けた。

「なぁ、今の会社にも好きな子おるん？」

「は、はあ？」

危うくそのまま「会社どころか目の前にいますよ」と口を滑らすところだった。

「やっぱり須崎《すさき》のヤツか。……最近妙に仲ええもんなぁー」

「勝手な臆測はやめてください よ」

人の話を聞かず、イマリさんは再びハリマオカートを起動した。

「……そしてあなたは何をしようとしてるんですか」

「ええか、この電車の終点は出雲や」

「はい」

「出雲といえば出雲大社。そこは縁結びのご利益があるという世間もっぱらの噂《うわさ》や」

「はい」

「ゲームをして負けた方が出雲大社の神前で好きな人の名前を告白しますはいスタート！」

「え、は、ちょ！」

まくしたてるように言いつつ、いつの間にかキャラ設定も勝手に進め「遺跡コース」を選択。レース開始直後に、鮮やかなロケットスタートまできめてみせた。

それに慌てて追随するが、すでに距離は絶望的だ。ルールは一レース三周の一対一。

「ちなみにここはうちが一番得意なステージでーす。目ぇ瞑《つぶ》っても走れまーす」

そういえば思い出す。以前休憩室でイマリさんがこのゲームで遊んでいた時も、飽きて地形抜けチェックを始めるくらい、この遺跡コースを走りこんでいたことを。

「ちょ、卑怯《ひきょう》ですよ！」

「勝てば官軍」

「く、くそ、全然背中が見え――ぎゃあ、落ちたぁあ！」

「ふふふ、そんなに必死になるってことはやっぱりおるんやな、好きな人」

「そーゆーイマリさんは好きな人がいるんですか」

イマリさんは横目で軽く笑っただけで受け流した。

ちくしょう、その仕草が大人っぽくて綺麗《きれい》だったのがムカつく。

レースはあっという間に二周を終え、ファイナルラップに突入していた。

「……別に言うてもええやん。うち、どうせ酔っ払ってるし、聞いても忘れるかも」

「……」

それもそうだ。

「じゃあ、もうこの場で言いますね」

「え？」

ドゴン、と、イマリさんが操作するコッパがド派手に壁にぶつかり、逆走を始めた。

「イマリさん、俺の好きな人は……」

「ちょちょちょちょ、ほんまにここで言うてまうの？」

ドゴンドゴンとコッパはあらぬところを走り続けている。

「何を慌ててるんです、イマリさんが望んだことでしょ」

「せやけど、今は、勝負中やで……」

「……す」

「え、『す』？　やっぱり須崎なん⁉　須崎なん？　わー、待ってー！」

「……隙ありいいいいい！」

その瞬間、あらかじめ放っておいたサポートアイテムのホーミングココナッツがコッパに直撃し、大爆発《ばくはつ》を起こした。コッパはスタン状態に陥《おちい》り、すぐには走れない。

その間に運よく強力なサポートアイテムを連続で手に入れた俺のピノがアイテムの力を借りて猛追し、ついにコッパを追い抜いてみせた。

「見事に引っかかってくれましたね、イマリさん」

「騙《だま》し討《う》ちとは卑怯《ひきょう》千万」

「勝てば官軍」

が、さすがはイマリさんだ。

すぐに体勢を立て直したかと思えば、あっという間に追い上げてきた。

ゴールは直前。両者は並び、後は純粋にスピード勝負だ！

手に汗を握る！　くそ、間に合え！　間に合え！

「うおおおおおお！」

「ぬあああああああ！」

そう。手に汗を握りすぎたのだ。

汗でコントローラー操作を誤ってしまい、ピノがあらぬ方向を向いた。そのままコッパを巻き込み、突っ込んでいった先は――

あれ、ここの地形、見覚えがあるぞ。

壁にぶつかったと思えた二人はそのまま壁を抜け、地形が設定されていない真っ白な世界へとすっ飛んでいった。

そこは奇《く》しくも、以前休憩室でイマリさんが地形抜けバグを発見した場所であった。

「……」

「……」

「「あああああああああああああああ⁉」」

コントローラーを操作しても、うんともすんともいわない。

デッドヒートを繰り広げたピノとコッパはとっくに虚空の彼方《かなた》に旅立ち、ただ画面には真っ白な風景だけが映り、テンポアップしたBGMがエンドレスで流れ続けている。

進むも退くも不可能。進行不能バグの発生である。

「……どんな手を使っても止めると言ったでしょ？」

「うちが見つけた地形抜けを、本能が覚えとっただけやろ、あほ」

得意顔で言ったら頭をしばかれた。

「くそー、好きな子の名前、聞き出したかったのになぁ」

「いるとすら言ってないんですが」

「はん、どーだか！」とイマリさんはジトリと目を細めた。

「どうせ須崎少将やろ。高尾山でも仲良くしとったみたいやしー？」

「イマリさん」

「あーん？」と口を富士山の形にしながらメンチを切ってくる。

「前から思ってましたけど、妙に須崎さんに突っかかりますよね」

「……」

「別に俺と須崎さんはただの同僚ですよ？」

「………とった」

「え？」

「頭なでられて、喜んどった‼」

「い、いつのことですか？」

「昨日のお昼！　会社で！　エレベーターの前で！」

「……ああ！」

須崎さんのお昼の誘いを断れず、「ワン」と答えたあの時だ。まさか見られていたとは。

「あの頭ナデナデはいったいどういうこっちゃ」

「ち、違います、あれはただの調教です！」

「なおさらどういうこっちゃ⁉」

「須崎さんとは本当に何もありませんって！　彼女にとって俺はただのイヌなんです！」

「大ありや！　社会的に大問題や！」

だめだ。昔話に「ここ掘れワンワン」と宝の在りかを教える犬がいるが、俺が掘り当ててしまうのはどうやら墓穴らしい。

「……それにうち、高尾山で見たもん」

「何をです？」

「格ゲーの対戦で寝落ちしてしまった後、起きてトイレ行こうとしたら……」

「はい」

「展望台で、ハシビロと須崎が仲良く富士山見ながらしゃべってた」

「そうですけど……」

いやいやいや。ていうか、別にやましいことはしてないし。

「あれもただ会話してただけですって。なんでそんなに俺と須崎さんの仲を疑うんです！」

「だって……！」

とイマリさんは語気を強めて、

「あの時、須崎にも『おもろい顔』見せとったやん！」

シン、と静まりかえった個室に、

「ポン」

と音が響いたかと思うほど、イマリさんの顔が一瞬で真っ赤《まっか》になった。

現実の日の出よりも一足早く、サンがライズしたようだった。

「あ……」とイマリさんはわなわなと目を見開いて震えている。

どうやら、墓穴を掘ったのは向こうも同じらしい。

「えーと、その、もしかしたらなんですけど」と俺はどぎまぎしながら確かめた。

「…………嫉妬《しっと》、ですか」

「〜〜〜〜〜〜〜〜〜〜〜〜〜〜〜〜〜〜〜〜〜〜〜〜!!」

個室のベッドの上で、イマリさんはすごい勢いで俺に背を向けた。だけどナチュラルショートの毛先からのぞくうなじは、隠しようもなく桃色に色づいている。

正面の窓に目を向けているが、きっと景色なんて見ちゃいないだろう。

イマリさんが背を向けてくれてよかった。

俺の顔も……きっと同じことになっているから。

その嫉妬が仲のいい友達をとられた類いのものなのか、それとも……別の類いのものなのかは知らないけれど。もちろんそれを、確かめる勇気もないけれど。

だとしたら高尾山での件も話が変わってくる。

俺が富士山を見せようとした時、イマリさんは「はよ帰ろ」と何度も拒絶した。イマリさんの本音を知ってからは、それは本気で俺を気遣っての言葉だと思い直していたが……。

実は、俺と須崎さんのやりとりを見てしまったうえでの言動だったとしたら。

ひょっとすると気持ちがすれ違いかけた根本の原因は、もっと単純なものだったのかもしれない。俺のやらかしとか、イマリさんの過去とかは、ひとまず置いといて。

俺が拗《す》ねて、イマリさんが嫉妬した。

問題がこじれた要因は、たったそれだけのことだったのかもしれない。

失礼ながら噴き出してしまった。こんなの、小学生の喧嘩《けんか》じゃないか。

「ふっ」

「ハシビロ」

「は、はい」

イマリさんの声に思わず姿勢を正す。

「これからも『今里監査役』の仕事、続けるんやろ」

「多少不本意ながら」

「なら上司命令や。今後『おもろい顔』はうちだけに見せること」

「はい？」

「ハシビロの『おもろい顔』は、うちだけのもんや」

「へ？」

「仕事でうちを見とかんとあかんのやろ？　だから」

パジャマが少し乱れ、首回りをあらわにしている肩越しに、イマリさんが流し目で俺を見た。

ギュッ、と。

見えない大きな手で、俺の心臓をわしづかみにした彼女は、

「……うちだけを、見て」

火照らせた吐息で、言った。

「ひとりじめ、させて？」

……

…………

………………正直、今から逃げることだってできる。

「しゃあないですね、仕事ですから」と軽口を叩くだけでいい。

その一言が今の関係を続けられる延命措置となるのだ。

だけど、そうして足踏みをして、俺はどこに行けるのだろう。

ここで何もしなければ旅上戸の彼女はまた、どこかへと旅立っていくことだろう。もしかしたら今度こそ、もうこっちの手が届かないほど遠い場所なのかもしれない。

ぞっとした。そんなことになれば、心底死にたいほど後悔するに決まってる。

――ああ、そうか。

俺はもう進むしかない場所に立っているんだ。

怖いか？　怖いさ。

だって行く手に待ち受けているのは楽しいことばかりとは限らないし、高校の時みたいに奈落の底に叩き落とされるような目に遭うことだってあるのだ。

でも旅上戸のイマリさんが教えてくれた。

立ち止まっても、また一歩、進めばいいって。

足を止めずに歩き続けていれば、いつか、とんでもない場所に辿り着けるんだ。

その瞬間、すべての音や、空気や、色が澄み切ったような感覚になった。

「イマリさん」

俺は彼女の両肩を摑《つか》んで振り向かせ、真正面から向き合った。

「ひ、ひゃい！」

ぼさっとした栗色の髪に隠れた目が、まんまるに見開かれていく。

「俺は――」

俺たちが向き合っている白いベッドを、海上に反射した朝焼けが、茜《あかね》色に照らしていた。

……ん？

海、だと？

澄み切っていた感覚が薄れ、次第に周囲の音や色が急速に戻り始めた。

電車はゴウ、ゴウとすさまじい音を立てながら鉄橋を通過していた。

鉄橋の下には幅がキロ単位かと思われるほどの巨大な大河があり、水面を行きかう船舶が朝日に照らされ、濃いシルエットをつくっていた。

「……イマリさん、中国地方にこんなでっかい川なんてありましたっけ？」

「……そら中国やからあるんやないの。長江とか黄河とか」

「あ、そっちの中国ですか」

いやいやいや、こんな三国志スケールの川が日本にあるなんて聞いたことねぇぞ。

なんだ？　俺たちはいったい、どこに向かっているんだ？

「イマリさん、切符ちゃんと見せてもらっていいですか？」

財布から取り出した切符を一緒に確認した俺たちは、「へ？」と素っ頓狂《すっとんきょう》な声をあげた。

『サンライズ瀬戸　東京　↓　高松』

……おい、出雲はいずこに？

「高松って、四国の香川県ですよね。てことは今渡っているのは……」

イマリさんがスマホで地図アプリを起動して言った。

「瀬戸大橋。そんで下が、瀬戸内海やな」

イマリさんがそのまま調べてくれたが、サンライズは出雲市駅行きの『出雲』と高松駅行きの『瀬戸』が併結されて走っていて、岡山駅で分離されてそれぞれの目的地に向かうそうだ。

ばかな。岡山駅でなぜ気づかなかったんだ。

と思ったが、その頃俺らは夢中になってゲームで遊んでたじゃねぇかてやんでぇい。

「イマリさん、ほんとどんな切符の買い方……」

カシュ、と金属音。

あー……。

この展開は、まさか。

俺が振り向いたのと、イマリさんが缶ビールを飲み干したのは同時だった。

「カアアアアアアアアアアァァァァァ！」

イマリさんが心底うまそうに唸《うな》った。

「勝負はお預けや、今から香川にうどん食いにいくで」

「……どこへなりとも」

イマリさんの据わった目と見つめ合ってから、どちらからともなく笑い声をあげた。

俺がこうして笑うのはきっと、彼女との旅の空気に酔いやすいせいだ。

どうやら「旅上戸」とやらは、イマリさんのことだけではないらしい。

「楽しみやなぁ、とり天もええし、シンプルな釜玉でもええな！」

「何言ってんすか、かけうどんに無料のネギと天かすをぶっかけまくるんですよ」

やいのやいのとバカ騒ぎをする俺たちを乗せ、列車は新天地へと突っ走っていく。

しかし、そこは天下の旅上戸のイマリさん。

「うどん食いにいく」だけではすまなかったのは――

まぁそれについては、また、別の機会に話すとしよう。

あとがき

初めての方は初めまして。お久しぶりの方はお久しぶりです。結城弘です。

弘は「ひろ」と読みますが、どうやら「ひろし」読みが主流だと知ったのはペンネームを決めてからずっと後のことでした。高頻度で間違えられます。えらいこっちゃ。

作家としてデビューしたのはずいぶん前なのですが、この数年の間、ためにためた経験値を《変態》のステータスに全振りした結果、『イマリさんは旅上戸』が爆誕しました。

「主人公のショートへアフェチは作者がモチーフですよね」と、担当さんからたびたび疑いの目を向けられて困っています。もしエラい人になったら四月十日（ショートへアの日）を国民の祝日にしてぇなと考えることはありますが、あらぬ誤解です。

さて、私は旅行が好きです。基本は地酒やビール片手にのんびり電車に揺られて旅をしますが、琵琶湖で漁船に同乗したり、碓氷《うすい》の廃線を歩いて峠を越えたり、北海道のＳＬ列車のダルマストーブでスルメを炙《あぶ》ったりと、たまに変わったイベントが発生します。トラブルにも見舞われますが、家に帰った後にはたいてい「楽しかったな」と振り返れる旅ばかりです。

本作はそんな私の「好き」と「楽しい」が詰まった「旅」をテーマに書きました。

世の中への重大なメッセージとか、カタルシスとかそんなのはなく、けったいな男女のアホな旅路を肩の力を抜いて楽しんでもらえれば幸いですし、読み終えた後に少しでも「楽しかったな」と感じてもらえたら私としてはそれで満足です。お金が入れば大満足です。

　今作をGA文庫大賞に応募した結果、感謝してもしきれない形で物語を書く機会をいただけました。刊行までに支えてくれた家族や友人、創作仲間たち、そして自分の「好き」を面白いと評価してくださった担当さんや編集部のみなさん、特別審査員の大森藤ノさんにこの場を借りて厚く御礼申し上げます。本当に、めっちゃ喜んでます！

　ここに至るまで寄り道ばかりでしたが、でもまっすぐ進まなかったからこそ出会えたものがたくさんあった気がします。今回こうしてとんでもない景色を見られたのは、その時は無駄かもしれなかった一歩を、地味に地道に積み重ねてこれたおかげかもしれないです。

　物語の主人公たちはたいてい夢とロマンに満ちた世界にいますが、私たちは異世界も特殊能力も恐らく存在しないどうしようもない現実を生きていかなければなりません。だけど、「今日はためしにあの角を曲がってみたら、何か面白いものと出会えるかもしれない」

　そんな「いつも」がちょっと楽しく思えるための一歩を踏み出すきっかけが、『イマリさんは旅上戸』だったならすごく嬉《うれ》しいです。

　この先引き続き本を出すことができましたら、よければまた会いにきてください。

　それまでのみなさんの、その道中が陽気なことでありますように。

ファンレター、作品の
ご感想をお待ちしています

〈あて先〉

〒105-0001
東京都港区虎ノ門2-2-1
ＳＢクリエイティブ（株）
GA文庫編集部 気付

「結城 弘先生」係
「さばみぞれ先生」係

本書に関するご意見・ご感想は
右の QR コードよりお寄せください。

※アクセスの際や登録時に発生する通信費等はご負担ください。

https://ga.sbcr.jp/

イマリさんは旅上戸

発　行　2025年1月31日　初版第一刷発行

著　者　結城 弘

発行者　出井貴完

発行所　SBクリエイティブ株式会社

〒105-0001

東京都港区虎ノ門2-2-1

装　丁　AFTERGLOW

印刷・製本　中央精版印刷株式会社

ISBN978-4-8156-2829-1

Printed in Japan

GA文庫

コミカライズ決定!!!
エモkawaiiの名手ぺけがお届け♥
漫画家ぺけ

イマリさんは旅《たび》上《じょう》戸《ご》 速報

IMARISAN HA TABI JYOUGO

本作の名シーンが
漫画ならではの
表現で楽しめる！

続報をお楽しみに！

四天王最弱の自立計画　四天王最弱と呼ばれる俺、実は最強なので残りのダメ四天王に頼られてます

著：西湖三七三　画：ふわり

GA文庫

「クク……奴は我ら四天王の中でも最弱」

人間たちは魔大陸四天王の一人目、暗黒騎士ラルフすら打倒できずにいた。しかも、驚異の強さを誇るラルフは、四天王最弱であるというのだが、実は——

「いい加減、お前らも戦えよ！」「無理じゃ、わしらは殴り合いの喧嘩さえしたことがないんじゃぞ！」　じつはラルフ以外は戦ったことすらないよわよわ女子たちなのだった！　自分ばかり戦わされる理不尽に耐えられなくなったラルフは、他の四天王にも強くなってもらおうと説得を試みるも全戦全敗⁉　ラルフは諦めずにあの手この手で四天王を育成しようとするのだが——？　四天王最弱（実は最強）の主人公による、ダメダメ四天王たちの自立計画が今始まる！

試読版は
こちら!

試読版は
こちら!

第18回GA文庫大賞
GA文庫では10代～20代のライトノベル読者に向けた魅力溢れるエンターテインメント作品を募集します!
創造が、現実《リアル》を超える。
イラスト／りいちゅ
大賞賞金300万円+コミカライズ確約!
◆募集内容◆
広義のエンターテインメント小説(ファンタジー、ラブコメ、学園など)で、日本語で書かれた未発表のオリジナル作品を募集します。希望者全員に評価シートを送付します。
※入賞作は当社にて刊行いたします。詳しくは募集要項をご確認下さい。
全入賞作品を刊行までサポート!!
応募の詳細はGA文庫公式ホームページにて
https://ga.sbcr.jp/